Quanxieyong
2015.12.27

谢方儿　　谢方儿，浙江绍兴人，先后在《上海文学》《青年文学》《芙蓉》《山花》《江南》等二十多种文学期刊发表小说一百多万字。著有中短篇小说集《感受心灵》《纪念记忆》《等火车》《无尽头》、长篇小说《1983年的成长》和散文集《倾听琵琶声》，主编《新世纪十年绍兴文学优秀作品选·小说卷》。现为中国作家协会会员，绍兴市作家协会副主席兼秘书长。

■ 谢方儿

著

隔离斋集

GELIZHAIJI

中国出版集团

现代出版社

图书在版编目（CIP）数据

隔离斋集 / 谢方儿著. -- 北京：现代出版社，2016.5

ISBN 978-7-5143-5005-0

Ⅰ．①隔… Ⅱ．①谢… Ⅲ．①散文集－中国－当代
Ⅳ．①I267

中国版本图书馆CIP数据核字(2016)第121581号

隔离斋集

作　　者	谢方儿	
责任编辑	李　鹏　陈世忠	
出版发行	现代出版社	
地　　址	北京市安定门外安华里504号	
邮政编码	100011	
电　　话	010-64267325　010-64245264（兼传真）	
网　　址	www.1980xd.com	
电子邮箱	xiandai@vip.sina.com	
印　　刷	北京一鑫印务有限责任公司	
开　　本	880×1230　1/32	
印　　张	8	
版　　次	2016年5月第1版　2022年7月第2次印刷	
书　　号	ISBN 978-7-5143-5005-0	
定　　价	39.80元	

自 序

想了想，决定写一篇序言。

这事说起来很简单，因为在我出版的图书中，没有一篇自己写的序言。这对于我来说，似乎有些说不过去，也算得上是一件遗憾的事了。

序言写在正文之前，自己的书自己来说几句，我觉得读者也是会认同和喜欢的。譬如，我每买一本书，这本书不一定会全部看完，但序言和后记是必看的。所以，无论怎么说，我应该为自己的这部散文随笔集写一篇简短的序言。

我先从"隔离斋集"这个书名说起。对于这个书名，估计有许多人接受不了，因为它看上去确实有些生硬死板，或者说，像一个面无表情的陌生人，少了一些亲和力。然而，我个人是喜欢它的，是那种发自内心的喜欢。我从策划出版这部散文随笔集之前，就有了要用"隔离斋集"这个书名的念头。

"隔离斋"是我的书房名。当然，它在现实中没有醒目的标志，要说它的存在，其实它只恰到好处地根植在我的心里。用一句通俗的话来说，我和它在生命里"相互取暖"。我的隔离斋是很普通的书房，它既小，又散，还乱，除了拥挤的书籍，别的一无是处。可以想见，这些破书烂纸，其结果肯定一文不值。

关于隔离斋，在这里不再多说了。书中就有一篇名叫《隔离斋》的文章，有关隔离斋的来龙去脉，有关隔离斋的平淡变迁，有关隔离斋的琐碎往事，或多或少都已经有所涉及。

《隔离斋集》里面的这些文字，以及字里行间的喜怒哀乐，都来自我的生活、我的心声。它们既内敛含蓄，又不失情怀，似乎在坚硬的外壳下，涌动着一股良知和温情的暖流。这部散文随笔集所收录的文章，包含了我的过去和现在的生活、思想、情感，抒情和叙事，叹息和感慨，憧憬和梦想，内容杂乱无章，难以分类成辑，简直就是一堆文字的大杂烩。

其实，文字这东西也是闹着玩的，千万不能太认真固执了。圈子内外，各玩各的，玩得开心就好。不要以为写了一些文字，听到了几句赞歌，有了一点小名气，就分不清天南地北，以为自己是谁了。周作人先生说过，散文就是文人在一起，讲一些无用的话。这话听起来有些调侃的味道，但深究起来却是大智慧。

据说散文是最世俗化的文学作品，但散文要写到有灵气确实很难。好散文是有品格、有品质、有品位的，这样的散文对读者来说，是阅读的诱惑，是生活的享受，更是心灵的陶冶。当然，我的这部散文随笔集算不上是好散文，它们只是我在长夜孤灯下的自言自语，所以都是一些无用的话。

我上面说的这些话，是在为我的这部书做免费广告，还有自吹自擂的味道，那就到此为止吧。

谢方儿

2016年3月11日深夜记于隔离斋

目 录

1 / 我看见的都是不清楚的

6 / 梦里梦外

11 / 雨 巷

16 / 走进母校

20 / 残阳如血

25 / 孤独一种

30 / 病中杂记

34 / 人生像一场旅行

39 / 夏天又来了

45 / 剧场碎影

49 / 一个人散步

53 / 为活着的自由

59 / 生命中不能承受之痛

64 / 最后一具古尸

68 / 天衣寺遗事

73 / 寂静寺

77 / 手写稿

81 / 自行车

86 / 贺年卡

90 / 爱狗也是爱生活

96 / 春波弄里的母校

101 / 怀念一条河

106 / 梅林往事

112 / 远去的客船

117 / 书 信

122 / 捉蟋蟀

127 / 老式电话机

131 / 小街老邻居

135 / 纸糊天棚

140 / 书、声音和可扬

147 / 赠书二三事

151 / 隔离斋

157 / 古旧书店

162 / 新华书店

167 / 淘旧书

173 / 杭城淘书记

178 / 买书散记

184 / 读书和藏书

191 / 书友一聚值千金

197 / 读书笔记

205 / 《后记》录

216 / 在平淡中等待

218 / 文学记忆

226 / 跋

我看见的都是不清楚的

我曾经写过一部小说，题目叫作《我看见的都是不存在的》。小说是虚构的作品，也就是说，其中的人物和情节都是我想象出来的。现在这个题目，看上去也像小说的题目，但这是一篇文章，里面写到的是真实的我，是关于我的眼睛或者说眼镜的一些事。

想起来，我很早就戴眼镜了，大约是从二十二岁开始戴的。我没有考上大学，读高中时成绩也属于"垃圾"，这是我至今耿耿于怀的事。那个时候，家里和单位都没有电视机，更没有电脑网络，而且我的父母眼睛都不近视。然而，我的眼睛这么早就近视了，我们四兄妹中，只有小弟的眼睛没有近视。这种结果，简直是个操蛋的结果，或许就是天注定吧。

20世纪80年代初，我刚刚参加工作不久。那个时代，正在大张旗鼓地倡导尊重知识和尊重人才，仿佛戴眼镜的人都会被人尊重。我高考落榜后，直接参加了工作，当时确实利用业余时间埋头苦读过，一心想打个"翻身仗"。

我参加过"函授"、"刊授"、"自考"之类的学习，弄得单位里的一些老同志瞪眼珠吹胡子，还专门跑到上级那里告我的状，说我只顾读书影响工作。其实，在我眼里的这些老同志年纪虽然只有四十左右，但思想已经僵化了。他们怎么不认真想一想，那是一个什么时代？那是"光荣属于20世纪80年代新一辈"的伟大时代。

当时，我在农村的基层所工作，工作和生活条件很差，晚上隔三岔五要停电，只能弄一盏煤油灯或者几支白蜡烛照明。特别是冬天，夜里看书经常看到饥寒交迫，就是又冷又饿。口袋里没钱，即使有钱，外面早就漆黑一团。这么折腾了几年，书还是没读好，文凭也没搞到，估计我的眼睛就是那个时候折腾近视的。

开始时，我是轻度近视，配一副两百度的眼镜带在身上，也不用天天戴，需要时拿出来戴一戴。后来，度数渐渐增加，只好每天戴了。这个过程是一个漫长的过程，少则数年，多则十多年，这也是一个不可逆转的过程。也就是说，眼睛近视后，这一辈子就再也离不开眼镜了。

自从戴上眼镜后，这眼镜似乎成了我身体的另一个器官。

几年换一副眼镜，这是必需的。近视的度数也在继续增加，这也是必然的。到后来，我换眼镜就不验光了，走进眼镜店，我说，换眼镜，左右各加五十度。

我戴的眼镜都没有达到矫正视力的要求，我觉得戴了矫正视力的眼镜，度数会更加深。当然，没有戴达到矫正视力的眼镜，缺憾也很明显直白。

譬如说，远远地碰到领导，如果视力好，就可以早早地露出笑脸，然后礼貌地叫一声某长您好。这是风度，更是礼仪。但我做不到，我想做也做不到，我会像一只呆头鹅，面对渐行渐近的领导视而不见。因为任何人在远处都是模糊的，他们在我眼里就是一块移动的肉体。等到了近处看清面貌，发现领导的脸已经能滑落苍蝇了。

又譬如说，有熟人见到我露出笑脸，可我看不清这个人脸上的笑容。就算熟人笑得很灿烂，而且这种笑是专门对着我的，可我确确实实没有看清楚。有过这种遭遇的人，就会说我"有什么了不起的"。从此，这些人再也不会对我露出友好的笑。尽管我不是故意的，但我已经得罪了人。

再譬如说，晚上在孤灯下翻弄书籍，突然爬出一条长尾巴书虫，也就是学名叫作"衣鱼"的昆虫。我以为是一丝尘埃，就用两个手指一按，轻易地捉摸到了它，稍一用力，手指上有一种湿滋滋的感觉。是什么？拿到眼前一看，啊，原来是一条身首异处的书虫。阿弥陀佛，我杀生了呢。

还有种种戴眼镜的"罪过"，不再一一罗列了。

多年前，我写过一篇《眼镜先生》的短文，内容也是关于我戴眼镜的一些事。文章在报纸上发表后，曾引起一些戴眼镜的熟人的共鸣。有戴眼镜者说，这篇文章写得好，写出了我们戴眼镜的人的辛酸。似乎有了同病相怜者，只是辛酸终究不是一件快乐的事。

眼镜已经戴了这么多年，大不了戴到老，戴进另一个世界里，横竖也就这么一回事，有何惧哉。

2005年冬天的一天，我戴了多年的眼镜突然夭折。可以一日无米，不可一日无眼镜。当天下午，我跑到大江桥的"毛源昌"眼镜店配眼镜，当时我戴的眼镜度数是，左眼350度，右眼300度。

我小心翼翼地说，配眼镜，左眼右眼，各加五十度。"毛源昌"眼镜店有免费验光，他们的服务态度又特别好，非要我验光。

我这个人耳朵皮软，心想验验就验验吧，再不验显得我太固执了。这光一验，就验出了大问题。眼镜店里的坐堂医生说话了（是不是名副其实的医生我没权力查验），他一脸严肃地说，你这双眼睛，是怎么搞的，起码要戴左750右700的眼镜。我不是吓唬你，你的眼睛到老是要吃苦头的。

我听得头皮都发麻了，有这么严重，我的妈呀！我弱弱地辩解几句，要不是原来的眼镜破了，我不会来配眼镜的。再说，我戴着原来的眼镜，还要开车呢。这个医生的嘴巴张了张，脸上的吃惊明显增加了。他恨铁不成钢地说，唉，朋友，你这是在玩命呀。

眼镜总是要配的。为了安慰自己，也为了报答好心医生的忠告，我配了一副左眼650度，右眼600度的眼镜。

两眼一下子各增加了300度，这是前所未有的狠心。戴上新眼镜，往远处一看，天呐，这个世界从来没有这么明亮过。行人的容貌一目了然，远处的景致清晰可见，我的眼前变得清清楚楚明明白白了。

然而，好景不长，过了一二年，我似乎又回到了看不清楚的从前。这个世界又变得模糊起来，视力明显又下降了。

我时常会想起那个眼镜店医生的话："我不是吓唬你，

你的眼睛到老是要吃苦头的。"现在看来，他的话有些道理。如果我的视力再继续下降，那么结果就要更加看不清这个世界。这不是吃苦头，这是一种活着的疼痛。

看不清这个世界当然是痛苦的，更痛苦的是有一天或许要看不见这个世界。看不见我想见的人，我的友人，我的亲人，我的爱人，他们都成了我眼前的黑暗。眼泪是有的，而眼光却没有了，生命还会有意义吗？

关于眼睛，常常和几个也是近视眼的朋友一起感叹，这是上天对我们的不公。我们有那么多的书要读，有那么多的文字要写，上天却给了我们一双不能多看书多写字的眼睛。

不是说眼睛是心灵的窗户吗？如果真是如此，那么眼睛近视到看不到眼前的世界，这扇心灵的窗户也就关上了。如果真到了那么黑暗的一天，我会用心倾听那些熟悉亲切的声音。

我虽然看不见你们，但我会告诉你们，我是爱生活爱你们的。

梦里梦外

我深信，每个人都是有梦的，梦是一种寄托。

可能有人会说，我从来不做梦，脑袋落到枕头就睡着了，然后醒来就是一个阳光灿烂的世界。

其实这种观点是不正确的，当然这不是我说的不正确，这是专家的意思。专家说，每个人都会做梦。你做了梦，但你没感觉到做过梦。专家说这种情况有两种可能：一种可能是，在整个睡眠过程中，你睡下后不久就做梦了，快醒来时你的梦已经结束，这样醒来就没有做过梦的记忆了；另一种可能是，你在睡眠时做了很多梦，只是这些梦都没有给你留下记忆。

我最近梦特别多，有清晰的，也有模糊的，总之，每天晚上会有梦。我的感觉是，梦多是因为睡得不够踏实，心里惦念着的都带入了梦里。

常言道，日有所思夜有所梦。梦里能做到的，生活中并不一定能做得到；生活中能做得到的，梦里并不一定能做得到。所以，我深信，梦也是人活着的另一个世界。一个国家尚且有梦，何况一个有血肉有思想的人呢。

在成长的岁月里，梦里经常能飞，只要轻轻一跃，人就飞起来了，而且飞得很高很远。那种感觉，现在想起来，就是神仙的感觉。所谓神仙，无非就是长生不老和腾云驾雾而已。

在现实生活中，人当然是不会飞的，但在梦里，就有可能飞起来，来个真正意义上的远走高飞。现在，突然地向往这种感觉，人能飞起来，像鸟一样有多好多美，想到哪里就能飞到哪里。

现在虽然还有梦想，但不会再有飞起来的梦了，更谈不上现实中的人能飞上天，因为我们不是鸟更不是神仙，我们只是一个活在尘俗中的普通人。

生活中有许多人相信这个世界上有鬼魂，因为肉体消失了，而灵魂是不灭的。对这类观点，我既不反对，也不支持。我觉得人死了，肉体消失了，这个生命应该到此为止。如果灵魂真的还在，那这个世界更加纷繁复杂了。活人已经有五六十亿，死人的灵魂有多少？

自从有了人类，死人肯定比活人多得多，还有无数动物的灵魂，深思熟虑起来，这个活人和死人灵魂同在的世界会有多么复杂和可怕。你一不留神，就有可能与一个灵魂撞在一起。

当然，人是通过想象创造出鬼的，然后人让自己相信自己创造的那些鬼。没有人亲眼看到过真正的鬼，但鬼似乎一直活在我们的生活里。以前，做梦确实会碰到鬼，梦里的鬼是专门追赶人的。人拼命奔跑，鬼总是紧追不舍，而且最后总是鬼把人追到。然后一身冷汗，从梦中惊醒，面对黑暗的夜，心有余悸难以入眠。

这些梦中的鬼的模样，也是模糊的，只是梦里的一种想象。或者梦中追赶你的人，就是一个你熟悉的，已经死去了的人。

因为我业余写小说，所以有事没事就要想到小说之中，特别是想得多写得少的时候，特别会做一些写小说的梦。某一天夜里，做了一个在构思小说的梦。这个梦居然异常的清晰，小说的故事情节，小说的人物性格和对话，在梦里一一构思成熟。

我在梦里想，这个小说如果写出来，一定会是一个成功的小说。这样，我就在梦里兴奋了，开始要找笔写下来，不过梦里没有笔，所以我找来找去找不到笔。最后笔没有找到，梦也醒了。我想不起梦里的小说了，茫然一会儿后，终于想明白，梦里有的毕竟是梦想，梦和现实是两个不同的世界。

20世纪80年代初，也就是"国门"打开之初，当代西方哲学思潮纷纷涌入，除了西方哲学，随之而来的，还有像弗洛伊德的《梦的解析》，这是一部属于"精神分析学"的著作。

这部著作最初发表于1900年，它通过对大量梦境实例的科学探索和解释，打破了几千年来人类对梦的无知、迷信和神秘感，同时提示了左右人们思想和行为的潜意识，在学术上开创了许多改变旧有心理学定论的推论。

在这部震撼整个世界的著作出版以前，史前时期原始人类有关梦的观念，深深影响了一般人对梦的理解与评价，他们深信梦与超自然的存在有密切的关系，一切梦均来自他们所信仰的鬼神所降的启示，梦是预卜未来或警示的神秘途径。

弗洛伊德经过多年神经精神医学的临床研究，首次揭穿了梦的秘密：梦是愿望的达成，是清醒状态精神生活的延续。这本书石破天惊地告诉曾经无知和充满疑惑的我们：梦是一个人与自己内心的真实对话，是自己向自己学习的过程，是另外一次与你息息相关的人生，当你沉入最隐秘的梦境，你所看见所感觉到的一切，你的呼吸，眼泪，痛苦以及欢乐，都并不是没有意义的。

那个时候，我除了喜欢叔本华、尼采等人的著作，我还喜欢过弗洛伊德的《梦的解析》，而且读了许多遍。不过每读一遍，我对梦的理解依然浅显，有时一头雾水。尽管弗洛伊德在《梦的解析》中，主要分析了梦的凝缩、梦的转移和梦的二重加工；讨论了梦的隐意内容；解析了愿望满足的原理；描述了俄狄浦斯情结；还说明了幼儿生活对成人条件作用的不可避免的影响。

我至今读不懂这种称之为"梦的理论"的文字，说得再浅薄一点，我连"潜意识"也似懂非懂，所以我解析不了我的梦。

在读了许多遍《梦的解析》之后，我的认识居然还和没读以前差不多，心里应该是有一丝内疚的，真的很抱歉，弗洛伊德先生。

现在，梦突然地多了，再次想到了弗洛伊德的《梦的解析》，想读的愿望也有了。我开始在书房中寻找这本书，从楼下跑到楼上，再从楼上跑到楼下，所有的书架都找遍了，就是找不到《梦的解析》。

接着，我在地上的书堆中找，一本一本地过去，像在找一只会爬的虫子，它似乎是那么的调皮捣蛋。结果还是找不到，难道有人借走它了，我记不起了。确实有不少人向我借过书，但我的记忆中没有人借过这本书，这本《梦的解析》会在哪里呢？

我站在书房里，思想有些朦胧，渐渐地我仿佛有种做梦的感觉。人生似梦，梦似人生。喜怒哀乐，悲欢离合，酸甜苦辣，一切都会流失到岁月的大梦里。

雨　巷

　　雨软软地飘洒下来，湿润的风在雨中轻歌曼舞，夜晚湿漉漉地像一张流泪的脸庞。

　　我撑着一把雨伞，在黑夜的风雨中踯躅，踯躅在一条深深的小巷之中。仓桥直街，这条藏在古城里的小巷，它既是历史的，也是现实的，更是现在的我的。青石板，古石桥，还有两旁那些清末民初的建筑，我似乎走进了那个曾经的年代。

　　我踩着青石板上的与我同样默默的雨水，清晰地听到雨打伞面的轻柔的水声，仿佛是一个忧伤的梦境，仿佛也是一种伤感的意境。

　　我从小巷的这一头走到那一头，再从那一头走到这一头。来来回回，简单重复。路当然可以重复走，只要自己愿意，但人生之路却没有重复的回头路，走出去的都是生命中的有限的时光。岁月，只有回忆，不再有重复。

一分钟，十分钟，一百分钟，时光穿过黑暗中的风雨，没有一丝的留恋，匆匆而过。慢慢地，我的脸湿润了，是雨水，还是泪水，我不知道，但脸是湿湿的。然后我的鞋湿润了，接着我的裤脚也湿润了。然后，我没有一点点的湿冷感，我所有的感觉都集中在心灵上。

我在等一个人吗？

在这条雨中的小巷里，等一个今夜注定会出现的人，或者是我生命中注定会出现的那个人。雨还在下，缠绵悱恻，我等的那个人还没有来。或许时间还不到，或许等待还不够，或许这个人已经在路上。

小巷变得更加悠长，朦胧而神秘，像藏着一个要用一生才能讲完的故事，美丽凄婉都在里面。

有一种声音，像一首动听的歌，在雨夜的小巷里回荡，从这头飘到那头，又从那头飘到这头，似乎一直伴着风雨中的我。

我静静地聆听，确实有一种声音，既像是歌声，又像是呼唤，一种已经深入心灵的温柔的呼唤。我在黑暗中站住，像风雨中的一棵树。我的心头热烈起来，是那个我在等的人在呼唤吗？是的，可怎么会那么遥远。

我看到远处有一个身影，从小巷的那一头走来，慢慢地能看到一个模糊的身影，应该是一个典雅的古典女子，从民国的深宅大院中走出来。她一定带着一个个像雨一样缠绵的故事，难道会是这个女子的呼唤？这个身影，在雨中一点点放大，我看清她是一个女子，但不是我要等的那个人。

擦肩而过，无声无息，就消失在黑暗之中。

似梦似真，这个仓桥直街的雨夜。我想起了戴望舒的《雨巷》：

撑着油纸伞，独自
彷徨在悠长，悠长
又寂寥的雨巷
我希望逢着
一个丁香一样地
结着愁怨的姑娘
……
她彷徨在这寂寥的雨巷
撑着油纸伞
像我一样
像我一样地
默默彳亍着
冷漠，凄清，又惆怅
……
撑着油纸伞，独自
彷徨在悠长，悠长
又寂寥的雨巷
我希望飘过
一个丁香一样地
结着愁怨的姑娘

仓桥直街是一条小巷，现在，它也是一条雨巷，但这里没有一个"结着愁怨的姑娘"，我要等的也不会是一个"结着愁怨的姑娘"。

为什么要"结着愁怨",有点淡淡的忧伤足够了。我们活着已经有太多的忧愁了,有太多太多,就不要再有怨了。

有人说,戴望舒的《雨巷》,描绘了一幅梅雨时节江南小巷的阴沉图景,借此构成了一个富有浓重象征色彩的抒情意境。在这里,诗人把当时黑暗阴沉的社会现实,暗喻为悠长狭窄而寂寥的"雨巷",没有阳光,也没有生机和活气。而抒情主人公"我"就是在这样的雨巷中孤独的彳亍着的彷徨者。"我"在孤寂中仍怀着对美好理想和希望的憧憬与追求。诗中"丁香一样的姑娘"就是这种美好理想的象征。但是,这种美好的理想又是渺茫的、难以实现的。

我实在看不懂这种对抒情诗《雨巷》的理解,什么"诗人把当时黑暗阴沉的社会现实,暗喻为悠长狭窄而寂寥的'雨巷'",一条非常有情感的雨巷被理解得"惨不忍睹",感觉这种理解简直就是亵渎了抒情诗的纯洁。

想到这些,我非常想从"雨巷"中走出来,可现在我做不到,因为我在雨巷中等一个人,而这个人还没有出现。

在一家小茶楼门口,有一个声音在我耳边响起,先生,我在这里等你很久了。我惊喜了一下,但没有看到这个喊我的人。

小茶楼门口空无一人,一眼望去却都是鲜活的回忆,回忆真好,回忆能复制过去的时光。我继续走,继续着我雨中的等待,还是这个声音在喊我,先生,你怎么走得那么快。我还没走进小巷,你都快走了一半,怎么等得到我呢?

我想了想,想到我自己的笨拙,怎么会没有想到,这样的等是等不到结果的。只有我停下来，我等的那个人才会出现。人能停下来，时间能停下来吗？

这种等算不算是一种梦想？我想到了法国贝克特的《等待戈多》，《等待戈多》是荒诞派戏剧的代表作，剧本的主题是写"戈多"，但戈多究竟是谁，为什么要等待戈多，却众说纷纭，莫衷一是。

据说1958年该剧在美国上演时，导演问作者戈多到底代表什么，贝克特回答说，我要是知道，早在戏里说出来了。这样，如果有人问我你到底在等谁，我就这样回答，要是知道，我在文章里早说出来了。

我的这些文字荒诞吗？这并不重要，我们生活的这个世界有太多的荒诞、太多的残酷、太多的不可思议。当我们觉得自己活得一本正经时，其实我们多多少少还是活在荒诞之中的。

对我来说，等待那个人才是我最不荒诞的生活。

我站在雨中，静静地等着，我相信我等的那个人一定会来，无论多久，一定会出现在我面前。因为我已经听到了呼唤，这种呼唤越来越近了，夹着轻柔的笑声，和风雨一起扑面而来。

两颗泪珠突然落下来，落到我的手心上，情不自禁。那个人又在喊我了，先生，你流泪了吗？我攥紧了手心中的泪珠，害怕它会从我的指缝中漏掉。我笑了笑说，这不是泪水，是两颗相思果，现在我已经攥在手心中了。

小巷的雨夜，是那么的安静，雨冲刷了忧伤，明天的阳光一定会更明媚。我要等的那个人，一定会在灿烂的阳光里。

走进母校

这是一场民谣音乐会，晚上七点半正式开演。

友人邀我去欣赏"唱给秋天的民谣"音乐会。这场民谣音乐会由绍兴音乐台、绍兴文理学院团委主办，是著名民谣歌手张佺、张玮玮和郭龙三人的专场，演出地点在文理学院的音乐厅。

可以说，我与生俱来对音乐的认知比较浅显，想起来，至今不会唱一首完整的歌曲，也不会弹拨吹奏任何一件乐器。当然，这不是说没有音乐细胞的我不喜欢音乐，我还是喜欢欣赏音乐的，喜欢音乐行云流水的声音，难忘音乐知音知心的感染，陶醉音乐撼动心灵的抒情。

傍晚五点，我到了文理学院大门附近，本来想先去书店看看，但走到学校大门口时，脚步很自然地踏进了校园。走进校门，我停了下来，竟有些激动，因为记忆开始翻动时光，把那些流逝的岁月重新拾起来。

绍兴文理学院，前身主要是绍兴师专，如果大言不惭，这里也是我的母校。通过成人高考，我于1985年秋天至1987年夏天，在这里，就是脚下的这块土地上学习了两年。虽然是委托培养的中文专业，但毕竟是这里毕业的一名大专生。

　　当时，绍兴师专还在和畅堂老校区，只有我们一个班在这里。这个新校区里基本没有房子，唯一的这幢二层楼房子就是我们的教室，而寝室也和教室连在一起。整个新校区空旷寂寞，人影寥寥。

　　现在，这里是文理学院的河东校区，过了河是河西校区，还有穿过环城南路的南山校区。总之，校园一眼望不到尽头，像一座花园般的城市。

　　自从毕业后，我基本没有去过母校。

　　记得毕业十多年后去过一次，也是到这个河东校区，去看望刚刚退休的班主任。那次走进来一看，河东校区已经很像一所学校了，而且像一所高校。事实上，学校也确实从专科的绍兴师专升格成本科的绍兴文理学院。校园里，教育楼、图书馆、体育场、学生寝室都有了，绿树成荫，环境幽静。

　　我再次走进母校，走进母校的河东校区。

　　雨下得很缠绵，雨在洗涤大地的尘埃，似乎也在洗涤人心灵上的尘埃。正是晚餐的时光，路上人来人往，不时有汽车从身边驶过，响起一阵阵湿润的声音。我不在乎这些嘈杂，我一个人撑伞走在校园中，感觉只有自己一个人走在雨中，走在母校缠绵的纷纷扬扬的思绪中。

　　没有人认识我，我也不认识任何人，我们都是陌路人。

我在雨中寻找，寻找我们曾经的教室。雨点打在伞上，细细密密，像一个老朋友陪伴着我。

看到一幢二层楼的房子。位置差不多，似曾相识，但感觉有点陌生。毕竟二十多年过去了，整个河东校区都变了样，一幢房子中的房子，一个茫茫人海中的人，都已经今非昔比。

雨中多惆怅，有人听到了一个老男人的一声叹息，不解的眼光穿过雨水，软软地落到我的脸上。不要用怀疑的目光看着我，我曾经也是这里的一个学生。我继续寻找，走来走去又回到这幢二层楼的房子前。

我想，我们的教室，要么就是这幢房子，要么已经拆除重建了。我站在这幢二层楼前，心里空空荡荡的。头顶上雨水滴滴答答，耳边似乎响起了"咿呜咿呜"的呼喊声，鼻子突然地酸了酸。岁月带走了青春年华，也带走了理想和梦想。

"昔我往矣，杨柳依依。今我来思，雨雪霏霏。行道迟迟，载渴载饥。我心伤悲，莫知我哀！"多么熟悉的声音，那么声情并茂，这是教我们"古代文学"的潘先生在上课。

当时的潘先生五十多岁，个子不高，戴一副高度近视眼镜。上课却是那么的投入，那么的有激情，读课文就像在朗诵一首爱情诗。那种热情与年轻人没有什么两样，此情此景至今给我一种感动和回味。

从《诗经》、诸子散文、《楚辞》、汉乐府民歌到唐诗宋词、明清散文，潘先生的每一堂课都能吸引我。背诵古代诗词，既是学习的要求，也是一种享受和陶冶。我除了能背诵一般的诗词，白居易的《琵琶行》也能背出来："浔阳江头夜送客，枫叶荻花秋瑟瑟。主人下马客在船，举酒欲饮无管弦。醉不成欢惨将别，别时茫茫江浸月。"这是一种凄凉幽怨的意境，那个"座中泣下谁最多，江州司马青衫湿"的白居易真切地来到了我的面前。

我除了偏爱潘先生的"古代文学"课，另外就是陈逸先生的"写作"课。毕业后的同学聚会，有同学说，陈老师教我们写作，只培养了你一个人。我知道，这是玩笑话，或许还有一种调侃的味道。我也知道，同学中比我有写作才华的很多，只是他们没有时间写作，他们有他们的事业和追求。

天色慢慢暗淡下来，我离开了这幢房子，然后沿着大路走，前面就是音乐厅。

雨一直陪伴着我，感觉雨像一个不离不弃的恋人，陪我走进校园的黑暗，陪我回忆那些美好或者失落的过去。

母校，因为一场民谣音乐会，我又走进了校园。然而，一切都是陌生的。我的老师，我的同学，我熟悉的环境，像飘落到地上的雨水，都流走了，流进了岁月的缝隙里。

天黑了。唱给秋天的民谣，就要按时唱响。一年四季，春夏秋冬，秋天每年都会有，但每个秋天都不一样，因为生命中的秋天是有限的。

残阳如血

有时候，环境很安静，就是无法让自己的心安静下来。

一个人在家应该能找到安静，喝茶抽烟，看书写作，可我没有想要静下来的意思。我决定出去，走到路上去闲逛，做一个东张西望的行路人。

走出家门，我不知道去哪里。脚底下都是路，我必须要有一个选择。阳光很好，秋风软软的，这就是秋高气爽。

然而，我感觉不到心灵的爽朗，在秋风的抚摸下，我觉得自己成了一只秋虫，孤独地爬行在这座城市的角落。目标非常的朦胧，似乎想去的地方很多，但都是那么的模糊而遥远。

那些熟悉的人，也都朦胧起来，他们隐没在芸芸众生之中，看不见听不到，成了我记忆之中的一个个影子。

有人说，身体和灵魂必须有一个在路上。

我的脚在行走，朝着城市的西边走，那里接近城市的中心，繁华热闹。我生长在这座城市中，但我的感觉认识的人很少。想到这些，我的思想疲惫了，慢慢走，朝着西边走。太阳从东边出来，最后也坠落到西天。

人总有"西边的太阳快要落山"的一天，所以"西边"似乎含着一种伤感的词义。不要停下来，一直往前走，你真想停下来，或许也停不下来，所有的风景都成了梦一样的断章。

到了鲁迅东路，边上是连成一片的花坛，花坛外面是一条小河，从"三味书屋"过来的乌篷船，正在缓缓游动。报纸和电视都兴高采烈地报道，节日里坐乌篷船的游客排成长队了。旅游真好，旅游就像形容婚姻的一句话：围城里面的人想出去，而围城外面的人想进来。来来去去，进进出出，搞得很热闹也很无聊。

花坛边上，散落着木质的长椅，这些木长椅背靠小河面临街路，这是另一种的"闹中取静"。坐在这里的都是老人，有老头子也有老太太。

许多时候，我走过这里，都要留意这些老人，因为他们的今天就是我们的明天。到沈园门口的桥头，这里靠近"鲁迅故里"了，木椅上坐着外地游客。但老人依然是有的，他们都自带竹椅坐着，一字排开，享受着城市的喧嚣。

坐着的老人，几乎都是沉默的，他们看着人来车往，听着嘈杂的人声车声，脸色和眼神平静如水，仿佛他们只是这个世界的看客。

我知道，这只是一种表象，他们的内心深处，已经到了人生的深不可测。

我慢慢从老人的身边走过，前面排坐着四个老头子，我听到了他们几句不完全的对话。

一个老人说，以前棺材做得好点，尸体可以烂得慢一点。

另一个老人说，现在好了，都烧成灰了。

又一个老人说，这样爽快。

第四个老人叹息一声说，唉，生不带来，死不带去，都是空。

他们在谈论的，是死后的事。生老病死，是人类的一个生存规则。老了，人生一眼望得到尽头，谈到死也是那么的从容不迫。

想起小时候，我是很怕听到死的。譬如老人们说到的棺材，早年看到这个东西就害怕。其实，"寿材"只是一种备用品，像寿坟一样是为活人准备的。那时还没有推行火葬，家里有老人的家庭几乎都有寿材。

我祖母是一九八九年初春逝世的，享年八十九岁。

用我父母的话说，我祖母是被吓死的。为什么这么说呢？因为我祖母逝世后不久，市区就实行了"遗体火化"。此前，已经开始广泛宣传这项改革了，而且火化遗体要做到"一个都不能少"。

我祖母听到这个消息后很震惊，先是沉默不语，后来担心准备了近二十年的寿材怎么办。我们都劝她，外国人死了早就实行火化了，而且我们的中央领导人逝世也都火化的。

我祖母最后安慰自己说，土葬有什么好，放进棺材里要一点一点烂掉，多痛呢，还不如一把火烧掉爽快。当然，我祖母说是这么说的，但内心一定害怕火葬。我祖母的寿材早就准备了。我很小的时候，我们家里就有这口外黑内红的寿材，而且放在我祖母房间的边上。

那时，住的是低矮的老屋，黑黑的泥地上躺着一口黑黑的寿材，那种感觉真的胆战心惊。特别是灶间在我祖母房间的后面，如果是白天，我和弟妹们都会飞快地从我祖母房间边上逃过，做到目不斜视。如果是夜里，就尽量不去那个地方。非要去的时候，总是先要找电灯的拉线开关，边找边高唱"毛主席像太阳"。毛主席就是"神"，鬼当然怕毛主席，听到有人说出"毛主席"三个字，鬼就逃之夭夭了。

然而，心里越害怕，越是找不到拉线开关。这个时候，头皮开始发麻，浑身凉气逼人，似乎黑暗中的响声也有了。于是，大声地惊叫起来：奶奶，电灯开关找不到了。

我祖母不慌不忙地迈着一双小脚赶到，她虽然患有青光眼，但寻拉线开关既准又快。我祖母拉亮电灯说：这不是吗？只会喊，不晓得找。

以前，老人准备寿材是一种约定俗成，有钱人家为老人做的寿材好一点，穷人家为老人准备的寿材差一点。

我老家对门是一个不大的台门，我们称之为"破台门"，里面有五六户人家。破台门里有不少孩子是我或者我弟弟的同学，所以我们经常去这个台门玩。

台门里有一个宽敞的过道，过道上并排放着三口漆黑的寿材，场面恐怖而壮观。我进去的时候，总是使出吃奶的力气狂奔而过，而且边跑边高声喊叫同学的名字，把整个台门的气氛弄得相当的紧张。

有一次，是暑假里的事，我不想午睡，就到破台门找同学玩，还是故技重演地大喊大叫，结果几个老人都出来骂我，小畜生，你这么大喊大叫，鬼都被你吵醒了。我立即心惊肉跳愣住了，心里想，妈呀，要是鬼吵醒了，那可怎么办？

从此，我不敢一个人去这个破台门玩了，也不敢大声叫喊，经常跟着别人，悄悄吸足一口气，然后狂奔而入。如果后面有人叫我，打死我也不回头不答应。

后来，台门里有人说，某某家的儿子是不是耳朵有毛病。

现在想起那些事来，似乎还能触动一些沉睡的神经。

在路上随意行走了一个多小时，也不知道有没有过中午时分。想去书店，快到时突然掉头；去邮局的报刊营业部买几本杂志，走了几步又不想去。还能去什么地方呢？

去见什么人吧？把此时此刻的心情释放出来。想见的人，现在都是无声无息的影子。除了思念或者说期待，我身边来来往往的都是陌生的人。

我又从原路返回，那四个老人还坐在木椅上，我想听他们在说些什么。然而，老人们现在都不说了，仿佛在思考，或者在反思，也有可能在发呆。我静静地站在他们身边，等待残阳如血的瞬间辉煌。

孤独一种

一个人的时候我不知道别人是一种怎么样的感觉。我一个人的时候，喜欢读《一个孤独者散步的遐想》。这本书是法国十八世纪伟大的思想家让－雅克·卢梭的代表作之一，他还写过《忏悔录》《论人类不平等的起源和基础》《社会契约论》《爱弥儿》等等。

《一个孤独者散步的遐想》这本书伴随我将近三十年了，每次打开这本书，仿佛都能遇见一个孤独的老者，挂着一根拐杖在巴黎的郊外散步，然后双眼一亮，说，"每遇见一株新草，我就得意地自言自语：瞧，又多了一种植物。"

我敬重卢梭的人生品格——崇尚自我、热爱自然、抒发情感和表现伤感。歌德曾经说过，伏尔泰结束了一个时代，而卢梭则开始了一个时代。

就是这个开始了一个时代的卢梭，他的晚年过着清贫淡泊的生活，甚至于孤独。卢梭晚年的生活，每日几乎流连于郊外的自然景色之中，幻想、追忆、冥想，还时有动人的遐想涌上心头。

卢梭在晚年写道："我在世上落得孤零零一个人了，除了我自己，再没有兄弟、邻人、朋友、社会。人类最重感情的人被众人一致摒弃了。"

一个人活在有芸芸众生的世界上，身体的孤独并不算孤独，真正的孤独是心灵的孤独。卢梭这样一个爱自然、爱真理、重感情的思想家，他的心灵一定不会孤独。即使有孤独，也是他的思想与自然在一起孤独。

有时候，我在发呆，突然有一种强大的孤独袭来。当然，我不是卢梭，我的思想不可能与自然一起孤独。

一个人去做一件孤独的事，这是我在孤独的时候能够做到的。

早晨，太阳没有出来，天空阴沉湿润；大地灰暗茫然，似梦似真。这是天地合一的孤独吗？

春天来了，树叶绿了，花都开了。我从家里出来，一个人出去爬山，到自然里寻找自然的感觉。一只塑料袋，里面装着一个相机一瓶矿泉水一包湿巾。我步行一个小时，人是孤独的，脚步是孤独的，但我一点没有孤独的感觉。风跟着我一路行走，像旁边有相伴的人。

从大禹陵大门进去，一个人静静地走，一条路忽然成了思绪的通道，那些树看着我，仿佛我们是多年没有见面的老朋友。

想起来，这条面目全非的路应该是多么的熟悉，以前读书时搞"野营"活动（相当于现在学校搞春游、秋游之类的活动），大禹陵是经常去的一个目的地。还有清明节上祖坟，也经常要走过这条路。

眼前这条路的两边已经改头换面，绿油油的庄稼看不到了，看到的是树木花草，还有一些不伦不类的石雕。

那个时候，我经常相约几个小伙伴，带上弹弓，冒着烈日徒步到禹王殿弹麻雀。禹王殿挺拔高大，抬头望上去，只听到麻雀的欢声笑语，难发现麻雀藏在哪里，心急了就朝麻雀叫的地方弹过去，结果一声脆响，麻雀都飞起来了，落下纷纷扬扬的碎玻璃。

从"百鸟乐园"进入宛委山，这条山路上人比较多，我觉得这些人之中，不可能会有孤独者。因为他们是带着快乐来爬山休闲的。

我到半山腰转入了去大禹铜像的小路，这条小路僻静，人很少，据说以前在这里发生过抢劫。我身上大约有六百块现金、一只不值钱的手表和一个普通的照相机，还有一只旧手机。如果真遇到抢劫，我就把这些东西统统给他们，身外之物，来来去去。

终于见到一个人，她是景区的卫生员，一个五十多岁的妇人，平凡得像落叶。她在打扫这条小路，其实路上没有垃圾，只有几片落叶。

女卫生员轻轻地摆动手中的扫帚，落叶就飘动起来，然后安静地躺进畚斗中。日复一日，她每天都在和这些枯枝败叶做伴。枯枝败叶也有过青绿的年华，从嫩芽到茂盛，直到枯萎老死，它默默无闻笑傲一生。

女卫生员突然发现了冒出来的我，她停止动作，寂静中仿佛透出一丝警觉。我的外表缺乏一种杀气，戴眼镜，细瘦单薄。一会儿，她的警觉很快消失了，似乎还动了动嘴唇想笑。我想和她交谈几句，在这条小路上，碰到一个人我很好奇。这是人的天性，越是孤独的时候，人的这种天性就越容易暴露出来。

女卫生员和我擦肩而过，我们本来就是陌路人。

这里是一个亭子，它一身沧桑，顶也破败了。我想在这个地方留个影，可是没有帮忙拍摄的人，连那些鸟也飞走了。我陪着寂寞发呆，脚边的小草在风中摇晃，有枯死的，也有绿色的。这是自然的一道风景，生死相随也无悔。

我蹲下去，轻轻抚摸这些寂寞的小草，心里在感叹，小草无愧于生长它的伟大世界。如果没有这些小草，世界将会有一种什么样的残缺。

前面还有路吗？路越来越狭窄，我决定继续往前走，即使没有路了，我也要走过去。鲁迅先生说过，世上本无路，路是靠人走出来的。我走到这条路的尽头，脚下是一条烂泥路。或许，这条坎坷的小道，正是通向目标最近的路。

山已经一片绿色，植物的生命朝气蓬勃，春暖花开里没有孤独。

我被茂密的树林包围，仿佛我也是自然中的一草一木。我想到了泰戈尔的一首小诗：我的树木的绿荫，是为过路人的；树木的果实，是为我所等待的那个人的。

我也在遐想，或许人在遐想时会产生孤独，遐想越深刻，孤独就越强烈。

我发现了一棵树，一棵生长在石坎里的树，它的根深入石坎之中。这棵树让我肃然起敬，它的生存环境如此恶劣，但它活得那么灿烂。我像卢梭一样得意起来，也自言自语：

瞧，树的精神是人学习的榜样。

一路上，我没有再碰到一个人，仿佛整个世界只有我一个人存在。这是孤独吗？与自然在一起的孤独感油然而生。

山上花开得多么灿烂，像一张春天的笑脸，其中蕴含了多少希望和温暖。

我没有去大禹铜像边上，因为这个铜像太高大了，如果我过去，可能只够得上他的膝盖，我会自卑我自己如此的渺小。

终于走近了大禹陵的后门，这里是景区，游客都在热闹地寻找他们的快乐和兴趣，导游一成不变的声音像在背诵一成不变的课文。我似乎也成了一个看客，背着一个相机东张西望。可是我知道，我的内心是孤独的。

在红色的景区围墙边上，矗立着一大一小两棵树，它们默默地看着对方，不管白天还是黑夜，它们都会这个样子。我的心颤动了一下，这是感动的力量，一大一小，相向守望。

它们没有说话，而且有一点距离，这是一种孤独。其实，它们的根已经紧紧在一起，这一定是自然中的永远。守望，是一种美好的痛苦，又是一种伤感的幸福。树能做到，人能做到吗？

病中杂记

也算是病了吧。虽然只是胃痛咳嗽之类的，但自己的感觉不是太好。因为时间拖得有些长，已经半个月多了，以前从来没有这样过。

开始的时候，胃痛了，说得确切一点，似乎也不是真正的胃痛，觉得胃里难受，仿佛憋闷着一股气，时时刻刻要往外冲出来。如果能冲出来，或许没有太多的难受。只是这股气不想轻易冲出来，故意在胃头和喉头之间游走，有时急如暴风，有时又缓似流水，这是一种温柔的折腾。

我对自己的胃比较了解，这个胃从小就不那么好。早年，家里一贫如洗，吃饱穿暖是一种奢求。有时候，买米只买吃一顿的米，至于下一顿，就得看看向谁家借几块钱。

在那个岁月里，我的胃就饿坏了。有时候胃痛，痛得受不了，就在床上滚来滚去，读书也读不成了。母亲赶紧去邻居家借一小羹白糖，给我泡成糖茶解痛。喝糖茶，也是一方良药。

到十七八岁时，我还长得面黄肌瘦，十三四岁的样子。读高中时，就有同学问我，你有没有发育？其实，我真不知道什么是发育。后来，母亲说，小毛小病在发育时都会带出的。我才知道人还真有"发育"这回事。想起来，感觉那个时候真是穷得昏了头。

后来，我发育了，一个人吃了一只鸡，这是从来没有享受过的美味大餐。从此，我的小毛小病果真就少了。但对于这个胃，自己还是比较关心的。譬如要做到按时吃饭，尽管有太多的时候做不到，但内心总是想到的；譬如坚决不喝过量的酒。能喝酒也是一种福气，可是我最多只能喝一瓶啤酒。

现在，吃饭喝酒是一种礼仪。被人请去吃饭喝酒，有工作上的，也有朋友私交上的。喝酒是饭桌上的一个永恒主题，吃饭不喝酒，这餐饭就没有了"气氛"和"精神"。喝酒就喝酒吧，又非要喝出个"局面"来，喝酒成了一种对弱者的虐待，还要冠冕堂皇地说，宁可伤身体，不可伤感情。我一直想不通，要伤你身体的人，还有感情可言吗？

在这种氛围里，我总要想到一个长辈对我说过的话，一个人在别人面前喝得烂醉，这是丧人格。

对我来说，在别人面前丧人格是一方面，另一方面我要保护我的胃，所以我拒绝所有我喝不下去的酒，无论谁劝都不动摇。

这样一来，有人就觉得我是一个很不爽的人，你说我不爽就不爽。我赴宴很少喝酒，特别是公务上的，能推则推，实在推不掉的，也基本不喝酒。时间一长，领导和同志们都知道我是个不喜饭局的人，尤其不喜喝酒，这样的人就是一个很"没意思"的人。

当然，如果是朋友聚会，我一定会放开喝酒的。不过我只能喝一瓶啤酒，撑一撑能到一瓶半。但我的胃从小就不好，所以真的不想自己去伤害自己的胃。

胃难受了几天，刚刚有点好转，突然无端地咳嗽起来。开始以为咽喉炎发了，喉咙难受发痒，不停地咳嗽。吃了几天消炎片，没有效果，就不吃了，想等自己好起来。

咳嗽越来越重，后半夜咳得上气不接下气。天亮后，一照镜子，吓了一跳，居然脸都肿了，像个人造"胖子"。原本长相就属勉强这一类，现在难看得一塌糊涂。

我不愿意上医院，能拖则拖，因为现在的医院庸医多，医小毛病能医出大毛病，而医大毛病有可能要医死人。关汉卿的《窦娥冤》中有个赛卢医，他在很久很久以前就说过两句话：死人医不活，活人医死了。

有例为证，那年我岳父咳嗽痰中有血住院，当时精神尚好，期间还向我要几本古典小说看。住院后的感觉一天不如一天，最后突然间在医院逝世了。痛至心肺，悔之晚矣！

我以前的咳嗽，最多一个星期就好了。可这次咳嗽似乎很缠绵，不紧不慢，咳得我晚上睡不安稳不说，白天也咳得眼冒金星，精神全无。仿佛在做一个梦，一幕一幕的，过去的都过去了，又有不断的现在来了。看书没有精神，看稿没有精力，写小说没有心情，只能面对电脑发呆。

一声叹息，人是那么的脆弱，如果精神垮了，身体还能不垮吗？

咳嗽还在继续，我吃了几天止咳丸，还是没有效果。

有一天早晨，我突然发现舌头变黑了，再看看，确实黑乎乎的，真的好恐怖。上网查了查，说舌头发黑是有重病或者恶病，不觉浑身一颤。冷静一想，不可能吧，还不至于到如此悲惨的地步。后来，一个稍懂中医的朋友说，你是多吃了止咳丸的缘故，因为我吃的止咳丸中，有一种主要原料叫"五倍子"的，它是让我舌头发黑的"罪魁祸首"。

我在半信半疑中停吃止咳丸，几天后，舌头果然慢慢恢复了正常。

以前，伟大领袖毛主席教导我们：扫帚不到，灰尘不会自己跑掉。我什么药也不吃了，咳嗽难道会自己"跑掉"吗？果然咳嗽还在，渐渐地我感觉到自己的苍老，双眼无神，脸色像"老南瓜"，终日疲惫，自己看自己也有了陌生感。

一直以为身体还行，爬山轻松，走路如风，熬夜不困，精力充沛，可咳嗽十天半月后，所有的健康感觉都摧毁了。

其实，人在心理上要不服老，但在生理上不能不服老，什么样的年龄一定会有什么的身体，这也是一种人生规律。

心灰意懒的时候，很想寻求一种默默的安宁，书房是理想之地。坐在书房并不一定要读书，和那些书一起沉默，也是一种身心的安宁。或者闭目深思，或者静静发呆，或者对话心灵。总之，我就这么坐在书房里，静静地和书在一起。慢慢地，我仿佛也成了一本书，成了一本活着的书。

咳嗽就是一种翻书的声音，谁在翻动我这本书呢？是打开了我心灵的那个人，是一起与我同行的岁月老人，还是创造了生命的万能上帝？

人生像一场旅行

　　天空弥漫着一层薄薄的雾气，阳光柔弱地落下来，眼前有淡淡的混沌和朦胧。我不知道这是天气的原因，还是我的视力有了问题。

　　我行走在这座城市的一条小街上，准备为父亲去买一个倍数更大的放大镜。十多年前，我为父亲买的那个放大镜，已经不适应他越来越苍老的眼睛。

　　我慢慢走着，眼前的人和物有些依稀。这里是鲁迅故里的西入口附近，我曾经在这里住过整整二十年。还是原来的地方，却变得陌生了，店铺林立，人来车往，一街的繁华。

　　一切都是新的，一切都是人为的，确实旧貌换新颜了。然而，对我来说，少了那种不离不弃的亲切感。

　　在我家老屋原址的对面，我看到没有拆除也没有出租开店的一间老屋。老屋的门口，一个老太太面对小街站立着，她一手扶住电线杆，一手抓捏着一块破抹布，脸色平淡得像一尊雕像。

我认识这个老太太，如果说起来，或许她也应该知道我。那个时候，说起我父亲的名字，这条小街上的许多人都知道，他是一个"反革命"的人，我们是这个有"污点"家庭里的孩子。

我走到这个老太太的面前，面对面看了看她，她毫无反应，连眼神也没有变化。在我的记忆中，这个老太太至少有五个儿女，早年她和她媳妇经常吵架，双方的对骂对立如同仇人。不过现在的她安静了，也孤独了。人活在这个世界上，或许一半是喧哗，另一半就是寂寞了。

在路上，我又碰到一个老者，他衣服破旧，背着一只灰色的旧袋，一脸的胡子和苍白，看上去像一个流浪者。这个老者走路的方向感很差，经常往停着的车子上走。走近才发现，他是一个盲人，手上捏着一支细长竹竿。

老者手里的竹竿敲打在石板上，这种声音一发出就没入了喧哗。他一次次地朝停着的车子走，碰到车子走开，又走上去碰到另一辆车子，如此反反复复。他的身边走过许多人，说说笑笑，蹦蹦跳跳，没有人留意这个艰难行走的老者，更没有人关心他。

满世界都是这个老者的陌生人，而他的亲人，即使有很多，此刻也正在做另一个地方的陌生人。

我呆呆地看着这个老者，他看不到这个世界了，也看不到这个世界上的人，就是心里最盼望的那个人，此刻他也只能到心里去找。假如有一天，我的视力也到了这种程度，我也会如此孤独无助吗？

每个人都会有一个结果，这是无法逃脱的必然。

昨天晚上，我和朋友坐在茶楼谈人生，都说要过好每一天，因为人生的终点是，一把黄土一把泪。泪可能会没有，但黄土一定会有的。

这个老者走近了我，我走上去说，您不要往里面走，那里都停着车。他没有任何反应，依然朝停车的这一边走。或许他听到了我的话，或许他不想和我说话，或许他并不孤独。他一定有自己的感觉。

我给父亲买了两个放大镜，一大一小。

当我突然出现在父母面前时，他们的脸上涌起一阵惊喜。父亲试了试放大镜说，还可以，其实也不是放大镜的原因，是我的眼睛不行了。我拿起原来的那个放大镜说，这个放大镜我可以用。父亲看着我说，你老了吗？你还年轻呢。

已经中午了，母亲说，你吃饭了吗？我说，没有，我是来吃饭的。母亲很高兴，马上加做了两个菜。

吃饭时，母亲对我说，你要过生日了。离我生日还有许多日子，母亲已经多次说到我的生日要到了。我一直对过生日无所谓，甚至于经常要忘了自己的生日，但母亲总是那么在乎，而且固执地记着阴历的生日。

我说，是的，生日和不生日都一样。

母亲马上说，不一样的，我和你爸爸商量过了，你生日要给你一点钱，你自己去买点吃的，吃完饭你和我一起去银行取钱。

我怎么能拿父母的钱呢？

他们平时生活过得很节俭，从退休金里省下钱是多么不容易。

　　吃完饭，母亲真要我和她一起去银行，我连忙说，我困了，我先睡一下。父亲说，到里面床上去睡吧。母亲赶紧给我摊被子，我的鼻子酸了酸，在父母面前我永远是个长不大的孩子。我确实很困，前一天晚上睡得很晚，睡下之后又翻来覆去的，像背着一个人在翻山越岭，早上起来人有些疲乏。

　　我躺下去，躺在父母睡的床上很安心踏实。从1990年离开父母这个大家庭以来，已经整整二十年了。那个时候的父母还没有现在这样苍老，而我也正年轻，从来没有想过二十年后的父母会怎么样。

　　我很快睡着了，醒来屋子里很静，我悄悄走到逼仄的客厅，发现父亲坐在木椅上打盹，看样子也睡着了。经常听母亲埋怨父亲坐在椅子上睡觉，说万一人倒下来怎么办呢。可父亲说，放心吧，我不会倒下来的。母亲生气地反驳父亲，你知道什么？你走路都摇摇晃晃了，还能管得住睡着的自己？父亲笑了，说，你怎么知道我睡着了？我从来不会在椅子上睡着的。

　　现在父亲确实睡着了。父亲身边的桌子上有一沓钱，难道母亲去过银行了？我正在猜测，听到阳台上的竹椅子吱吱地响了响。我走到阳台的门边，撩起挂在门上的布帘，果然看到母亲坐在竹椅上休息，她把床让给了我。有歌唱道：世上只有妈妈好。母爱总是那么无私，这就是母爱的伟大之所在。

　　我不想要母亲的钱，母亲不高兴了，把桌子上的钱拿起来塞到我的手里，说，我让你拿，你就拿着。父亲醒了，他说，你拿着。父亲的态度非常坚决。我不知道说什么好，我的眼前浮现出我们曾经的艰难岁月。曾经，我们确实穷得饥寒交迫，米是一餐一餐买的，吃了中饭不知道晚饭在哪里。我十六七岁就做小工，就是现在所说的勤工俭学。每当提到过去，父亲总要埋怨母亲，你怎么老是要提这些过去的事。

我把钱收起来，父亲若无其事地说，我头发长了。父亲的头发确实长了，虽然头发不多，但已经有几个月不理发了。以前，父亲两个多月理一次发，现在他走不动了，很少再外出。

我成了父亲的理发师。我拿来一把自动理发器，也就是充电的那种电动理发小推子。父亲的头发很少，他年轻的时候就秃发了。

父亲像个孩子，低着头一言不发，任我慢慢地理发。花白的头发飘下来了，像寒冷的雪花，撒落到父亲的黑色毛衣上，渐渐地黑毛衣白花花了。

很快理完父亲的头发，我说，您摸摸，还有没有要剪的地方。父亲站起来，用手摸了摸头，说，很好，头都轻了轻。

母亲扫走地上的头发，这是一层稀疏的白发。母亲说，你爸爸真的不中用了，走楼梯也走不动了，怎么办呢？我无语，我回答不了母亲的话。如果我能活到我父亲的年纪，或许我比我父亲还要不中用。

写到这里，我想到了一句广告词：人生就像一场旅行，不必在乎目的地。在乎的，是沿途的风景，以及看风景的心情。在这个世界上，每个人都是匆匆忙忙的旅行者。

夏天又来了

　　我曾经写过一篇《穿过夏天》的短文,发表在《浙江日报》的副刊上,内容是关于江南酷暑的难耐和难熬。

　　现在,夏天又来了,而且是酷暑。如果走在烈日下,居然有种背着个火球的味道。待在空调房间里,头昏脑涨,浑身软塌得像得了病,心烦意乱什么事都不想干;没有空调,确实也不行,毕竟是货真价实的高温。

　　感受到了酷热的难耐,就会想到宁可忍受冬天的寒冷。到了真正的冬天,那种江南的阴冷和湿冷,同样折磨得我们受不了。江南没有暖气,要想取暖只有开空调,冬天开空调既费电效果也不好。所以到了这样的冬天,往往会想到宁可过个酷热的夏天。

　　我们这个所谓的江南,夏天的热是闷热,骄阳似火,热浪滚滚,就如一个大蒸笼。夜里也好不了多少,照样那么闷热。知了开始不分白昼黑夜地嘶喊,有句老话说,知了叫，石板两头翘。总之，热了，烦了，受不了。

报纸上说，绍兴35℃以上的高温天，今年已经有24天，而1982年高温天才5天。报纸上说到这个高温的事，大标题是"39℃！这个双休日，大家咬牙'战'高温"。真的是39℃吗？我想肯定是不止的，天气预报似乎有个定律，就是打死我也不说上了40℃。

实际最高温度有多少，你们活着的人自己去体味吧。

面对如此的高温，我们应该想到，以后是人类改变天气呢，还是天气改变人类？人类要生存发展下去，必须要有一个选择！

我们说了许多年的全球气候变暖，就是"厄尔尼诺"现象，天气将会变得异常炎热，这个现实真的在悄悄逼近吗？

早年的夏天，我们没有空调，也没有电扇，有的只是扇子。竹扇，草扇，芭蕉扇，乃至于自制的纸板扇。难道那个时候的夏天不是夏天？我们不是都过来了，而且过得相当的有记忆。

夏天里，我家的扇子有多种，芭蕉扇，草扇，纸板扇，每把扇子的边上都用布条镶过，防止扇边损坏。我们兄弟几个的扇子上，都有父亲用毛笔写的名字，这是为了分清责任，谁用谁负责。

夏天虽然酷热，但这是放暑假的日子，所以热也是值得的。

暑假也隐藏着危险，主要有两大隐患，一是在河塘里游泳玩耍，二是到荒郊野外捉蟋蟀。

我们这一代人，兄弟姐妹都有四五个，白天父母要出门挣钱养家糊口，根本没有心思管孩子。家里的爷爷或者奶奶，想管也没这个精力，就是管了，一大帮孩子个个像小猴子，管起来往往顾此失彼。

游泳当然是到河里去，也有到池塘里去，几个人到河边短裤一脱，光屁股就跳进了河里。最危险的是到郊区大河里去玩耍，不知天高地厚一头扎进水里。郊区大河的特点是，水深，河宽，有机动船，也有一片片的水草。说不定，什么时候哪个孩子就一去无回了。

事实上，每个夏天确实都有孩子淹死，大人们提醒我们要吸取教训，并再三告诫，千万不要到河里去玩耍，特别是中午时分，因为这个时候人很少，发生意外的概率就高。

至于捉蟋蟀，也是有危险的，当然不是怕蟋蟀咬。蟋蟀从来不咬人，蟋蟀咬蟋蟀就是斗蟋蟀，这是皇帝也喜欢玩的玩意。以前不知道，后来读了《聊斋志异》里的《促织》，才明白蟋蟀真是懂事的好虫子，宁愿牺牲自己，也要带给玩它的人以快乐。

捉蟋蟀的危险就是要防蛇咬。蟋蟀的藏身之地，往往也会有蛇、蜈蚣之类的毒虫，弄不好就会惹怒它们挨咬。越是有毒虫的地方，越是有好斗的蟋蟀，这是捉蟋蟀的经验。每当捉蟋蟀的时候，就会忘掉一切危险，双手在乱石堆里，扒呀扒呀扒呀。双眼瞪得像电灯泡，只照蹦蹦跳跳的蟋蟀，别的就视而不见了。

有一次，我的右手被一条老得发红的蜈蚣咬了一口，小伙伴立即往我伤口上吐唾沫撒尿，经过一番自救又继续捉蟋蟀。第二天，手肿得像个大馒头，后来去看中医，说中毒了，如果再不医治，有可能手要烂掉。阿弥陀佛，最后总算保住了一只手，却在手背上留下一个伤疤，也算是一个记忆吧。

夏天的晚上就是一道风景。

沿街的人家，把长凳椅子小板凳什么的东西都搬到门口，坐到路上纳凉消暑。我家老屋门前有一个四五十平方米的小园子，一半是石板地一半是泥地。

夕阳还像一个火球挂在西天，我们就给园子的地面降温。父亲从对面台门挑来一担冰冷的井水，先让我们用井水凉爽凉爽，然后再冲地降温。一担井水泼在透着热气的地面上，马上被吸干了。石板地上冒起一层细细的水泡，一股热浪扑面而来。而泥地上泼井水，能发出滋滋的声响，井水争先恐后钻进泥土中，地面上留下一个湿润的影子。

井水不是想用多少能用多少，井的主人只允许左邻右舍一天挑一担，所以接下去要给地面降温的水只能用自己的。自来水舍不得用，因为要从百多米外买来挑回家，只能做饮用水；门口一只大水缸中的水，是下雨接下的雨水，这些水就成了给地面降温的水。

在园子里吃完晚饭，一会儿，就有左邻右舍进来纳凉谈天说地，园子里热热闹闹了。我们先去外面玩个够，接着回家躺在园子里默默地望天空。那时真是满天的星星点点，偶尔还能望见一颗移动的人造卫星，仿佛耳边响起了"东方红，太阳升"的乐曲。有时候，望着天空睡着了，醒来发现自己睡在床上。这是父亲或者母亲把我抱进了屋子里。

曾经的夏天，有许多难忘的回忆。

现在住在钢筋水泥的房子里，不知道左邻右舍是谁。小区里进进出出的人很多，仿佛都是熟悉的陌生人。每个人的脸上都挂着一层警惕，似乎在告诉别人，我是神圣不可侵犯的。

这样的人，不可能再像从前一样聚在一起纳凉。其实，我自己就是这样的一个人。我不愿意和别人说东道西，许多时候，我喜欢一个人看书写作或者走路。我觉得，活着属于自己的时间实在太少，做自己喜欢做的事很重要。

我喜欢一个人做一些无聊的事，譬如不开空调，只开电扇的小档，从书房的角落里抱出一堆旧杂志，脱了鞋坐在沙发上，两边都是零乱的杂志。我觉得这种状态很好，轻松随意，像是非我的我。

我会让汗流下来，安静地翻看旧杂志。我每年都会订我喜欢的杂志，也有别人送我的杂志，有几本是 1993 年夏天我在浙江大学中文系参加文艺骨干培训班时，在浙大图书馆买的处理杂志。虽然许多年过去了，上面的印章依然鲜红。

我翻着这些旧杂志，仿佛与一个个面熟的老朋友在默默地交流问好，没有什么目的也找不到刻意，只是非常随意地翻看阅读，心里很平静，思想也天高云淡清新自然。屋子外面知了的叫声很凶，我居然没听到。在夏天，我不想刻意地写也不想认真读，突然有了一两个想法，就拿过本子草草记几笔。接着扔到一边去，心里说，有用的时候我会找你们的。

现在的夏天确实不同于过去的夏天，这不是说夏天不是夏天了。夏天还是那个夏天，骄阳似火，酷暑难耐。不同的是，我们消夏的生活方式改变了。

我们有了空调，可以把热浪排除在这个空间之外。我们可以邀三五好友到茶楼到咖啡馆到酒吧什么的地方休闲，我们的谈天说地可以与夏天的酷热无关。当然，还可以到一个又一个以前没有的开放式公园里，打羽毛球、散步或者加入浩浩荡荡的跳舞队伍。

这是热折腾，也是自己愿意的。为了美丽，为了健康，为了长寿，为了消闲。总之，现在的夏天被现在的我们不经意地分割了，我们已经不再惧怕夏天。如果哪一年的夏天，我们不会再出汗，那么即使是夏天，也只是自然概念上的夏天了。

剧场碎影

新年伊始，在绍兴大剧院欣赏了一场芭蕾舞晚会。

登台演出的是俄罗斯国家"普希金"芭蕾舞团，节目有《天鹅湖》片段、《卡门》片段、《蓝色多瑙河》片段和《堂吉诃德》片段等，都是经典。

我对交响乐、芭蕾舞之类的高雅艺术，从小缺乏熏陶，更没有这方面的悟性。所以，至今知之甚少，坐着也是滥竽充数而已。

我觉得，在一流的大剧院，欣赏一流的芭蕾舞团演出，应该是有一流素质的观众。这样的结果，或许称得上是完美的结果。可对于现实而言，完美似乎只是一种追求和愿望。

在柔和的灯光和悠扬的音乐声里，观众三三两两地缓缓入场。

我们的座位比较居中，离舞台也不远。

一对恋人有说有笑地坐在我们的前面，他们的脸上写满了快乐和幸福，一举一动也流露出甜蜜的爱意。有爱真好。

观众已经就座，演出即将开始了。

一个四十左右的女人，脸无表情地出现在我们眼前，她在那对恋人前停了下来。灯光下，她的身影有些僵硬。男孩立即站起来，带着一脸羞涩的笑，对那个女人说，我想和你换个座位？

女人继续脸无表情，冷冷地说，你的座位在哪里？男孩回过头，用手指着距我们大约四五个座位的一个空位，说，就是那一个。

女人很快收回了眼光，说，我喜欢自己的座位。男孩像被重重打击了一下，不知所措地看着身边的女孩。女孩恋恋不舍地看了看男孩，无奈地说，你回到后面自己的座位去吧。

男孩走了，灯光暗了，演出开始了。

这个女人对刚刚发生的一切无动于衷。她是单独来看这场演出的，为了一对恋人短暂的圆满，应该说坐在哪里都无所谓。成全别人，从某种意义上说，或许也是成全自己。我不知道这个女人是怎么想的，是觉得换给她的座位差了？是感觉不到恋人热烈的心情？还是对恋爱心存别样的滋味？

被分开的恋人一直默默无语，他们尽管只相隔几个座位，感觉上像隔着万水千山。对于这对相爱的人来说，此时此刻最高雅的艺术最精彩的节目，或许都平复不了他们被分离的痛苦。

我看不到男孩的眼神，但我能看到女孩回头的眼神，那是一种无奈无助的哀怨。这个时候，他们原本应该相依相偎在一起，还有绵绵不断的情话。爱是缘分，也是机遇。失去的现在，就成了永远不再来的过去。

艺术给人享受欣赏，艺术也陶冶人的情操。音乐、舞姿和掌声，湮没了一切。

这时，一个三十多岁的女人，带着两个小女孩匆匆忙忙进来，然后坐在我的边上。两个小女孩挤在一个座位上。孩子的天性之一，是耐不住安静。台上的芭蕾舞，对她们来说，一点感觉也没有。

小女孩开始吵吵闹闹起来，只有玩或闹才是她们的快乐。她们背过身子面对后面的观众，唱起了响亮的儿歌。

刚才的那个女人和这个小女孩的妈妈认识，她们旁若无人地大声说话，那个女人还把其中的一个小女孩抱到了她的身边。

小女孩依然不甘寂寞，爬上爬下，打打闹闹，其乐无穷。带这么小的孩子来看芭蕾舞，确实让孩子受罪了，还影响别人看演出的心情。

我烦了一会儿，觉得再烦也改变不了这个现实，就慢慢又安静下来，继续专心致志欣赏节目。

很快到了中场休息时间，许多观众都走出去活动了，我发现那对恋人却各自坐着没动。特别是那个男孩，望着空荡荡的舞台在发呆，一副满怀愁苦的模样。或许他还没有从痛苦中解脱出来，或许他不想见那个不肯换座位的女人，或许他觉得中场休息时间太短暂了。

我很同情这对恋人的痛苦，这种被分离的滋味肯定难受。我在心里无数次谴责那个女人，此时此刻，她就是一个十恶不赦的罪人。我还把她比拟成《恶魔》节目中的那个"恶魔"。

我以实际行动支持这个男孩，专门走到他的面前说，现在你们可以团圆了。

发呆中的男孩似乎恍然大悟了，脸上露出灿烂的笑容，他站起来朝女孩走过去。然后，他们久别重逢般地依偎在一起。

中场休息结束了，那个男孩回到了自己的座位上。

我也从外面走进来，快到座位时，突然脚下一滑，细看竟是一大摊湿漉漉的尿液。我郁闷，我愤然，我无奈。

两个小女孩还是那么活跃可爱，就像在幼儿园的操场上玩耍取乐。她们的妈妈大声对小女孩说，半场结束了，你爸爸怎么还不来，一定是酒喝多了。这话很刺耳，面对这样的女人，我们都无话可说。

想到身边那摊被我踩踏过的尿液，我悄悄对友人说，她怎么能让小孩子在这里撒尿。友人遗憾地说，今天我们运气不好呀。

芭蕾舞又开始了，优美的音乐、变幻的灯光和精湛的技艺，让我渐渐又进入了艺术的境界。不知什么时候，小女孩的妈妈和两个小女孩都走了，那个不愿换座位的女人也走了。

我看到那对恋人已经依偎在一起，正沉浸在"天鹅"凄美的旋律里。

一个人散步

当夜幕降临，晚风轻吹的时候，这座城市里的人们似乎都出来散步了。

散步确实很有意义，既健身又享受生活。对我来说，散步并不是去欣赏风景，或者说为了消闲健身，而是想获得思想的清静和身心的放松。

一个人静静地迈步在柔和的月光下，思想仿佛越来越空白，人就像一个弱智不再感受到烦恼、痛苦和忧伤。

散步中碰到一个甚至几个熟人很平常，大家在近处见面相互招呼几句，这是素质也是礼节。当熟人发现我一个人在散步，就会随意地说，你一个人出来散步？他们的目光中明显有惊奇，这家伙怎么一个人鬼鬼祟祟地在散步，这种现象以前可是从来没有看到的。走远了，还得回头再警惕地追加几眼，估计想发现一些"新闻线索"。

散步中碰到的陌生人更多了，因为大家不熟悉，也就不必太在意了，只顾旁若无人地默默散步。然而，陌生人的眼光也是经常带着怀疑的，有些还十分地敏感。这个人在孤独地散步，看他脸无表情，双眼无神，一会眺望远方，一会又仰望星空，会不会是一个白痴，或者是一个精神病患者。

于是，他们赶紧远远地躲开，免得惹上不必要的麻烦。

有的人也会多看我几眼，眼光除了怀疑还有警惕。这个人在傻乎乎地散步，其实有目的性，他要么是一个在寻找目标的嫖客，要么是一个在等待下手的窃贼。

如果在外地一个人散步，应该没有人会认识了，我也不会碰到熟人。这里的世界虽然也人潮涌动，但我像一个人活着一样清静和放松。一个人散步，一个人面对与己无关的陌生人，一个人思考，这是多么洒脱的人生境界。

然而，世界有时让我们感觉到无限广阔，有时又不能不让我们感叹它的渺小。

20世纪90年代初期，我到上海华东师范大学中文系参加暑期作家班。因为是夏天，晚饭后大家经常会出去散步闲逛。

有一天晚上，我一个人在校园的一条小河旁散步。在无意识放松的状态下，突然发现不远处有一个人在注意我。更让我吃惊的是，这个人十分像我的一个邻居。我们都愣住了，都在想这个人会是我认识的那个人吗？

当我们像特务一样证实对方的真实身份后，大为感叹这个世界太小了。我的这个邻居是一名高中老师，他是来这里参加教师培训的。他说，他感到难以相信的是，我这个不是教师的人怎么也会来到这里？我说，我来短期学习，两个星期，晚上没事一个人出来散步。他笑了笑说，如果我在外面做偷偷摸摸的事，这次必定真相大白了。我说，我也一样。

一个人散步中还有不明不白的事。

这条小路前半条嘈杂后半条清静，像烂了半截的甘蔗。

开始在这条小路上散步时，我走得比较快，有事没事都走得匆匆忙忙。我的视力比较差劲，而且越来越差劲，眼前总是朦朦胧胧的，仿佛世界披着一层淡淡的雾气。

某天晚上，我发现迎面走来的这个人有些不一样，这个人已经走过去了，我还没想清楚到底有什么不一样。我回头看了看，看到一个朦胧的背影。

走出一截路，也就十多步吧，我想起来了，那个人可能戴着一只大口罩，好像是淡蓝色的。后来，在差不多的地方，可能就在老地方，我果真又看到了这个人，他或者是她，确实戴了个淡蓝的大口罩，几乎把整张脸都罩起来了，只露出两只眼睛。

这个人的步子也很快，看上去身材像是一个女的，但我不敢肯定他就是女性。

接下来，我在同一时间走到这个地方，误差在前二十步或后二十步之间，当然也有没有碰到的例外。我每次碰到这个人的时候，只有我们两个人在交会，感觉空荡荡的，像汪洋中的两条船碰在一起。如果真是这样，这应该是很激动人心的事，可我们像一阵风，各吹各的，呼地一下就过去了。

这个人应该是个女性，我是从外表来判断的，这个人的大口罩让我的判断具有不确定性。好几次的迎面遇见中，我想笑一笑，我们毕竟是多次相见的熟人。在朦胧的夜色下，这个人的眼神始终如一的冷漠，像冬天里的寒风一样。

这个人在想什么？这个人是谁？

我想，这个人感冒了，需要戴个大口罩。许多日子过去了，大口罩还戴在没有露过脸的脸上。后来我又想，这个人是医生吧，现在的空气污染太重，出门戴大口罩的人也不少。

过了春节，天气持续阴冷，这个人的口罩还戴着，阴冷中的眼神似乎更加阴冷了。这样，我就要多想了。我是这么想的，即使我们在这条路上有一生的相遇，也只是尘世中的陌路，哪怕点个头笑一笑，也是不可能的。

一个戴大口罩的人，表情死了，就像与生俱来有一个面罩。当然，生活中每个人都不会是一个真实的自己，也就是说我们也都戴着面罩，只是看不到而已。真实的自己，或许深藏在自己的内心。

太阳暖洋洋了，春天来了，春夜是散步的好时光。

我还在这条小路上散步，或许是有意的，或许是无意的。这个人也在的，在同一条小路上，大口罩还戴着。

这天晚上，星星和月亮都挂在天上，我突然发现这个人的脸露出来了。眼前的这个人确实是个女的，我怀疑现在的这个女人，到底是不是以前那个戴着淡蓝色大口罩的人。

我想看她的眼神，如果真是那个戴大口罩的人，我相信她的眼神一定还是阴冷的。可是，这个人不见了，她没有再出现在这条路上。我只能认定，那个戴大口罩的人可能就是这个女人。

为活着的自由

1997 年初夏，我调到局办公室做秘书，开始和所谓的文字材料打交道。

大约半年多以后，为了让我安心写材料，领导同意给我一小间办公室，一个人办公写材料。这间办公室确实小，七八个平方米，朝西，还不通风，属于典型的冬冷夏暖之屋。

于是，安装了一台空调。空调内机就在我的头顶上，一根包含着水管和电线的粗管子穿墙延伸到室外。室外的二楼墙面上是室外机，墙壁上还挂着一根很长的塑料下水管。墙外是热闹的商城，刺耳的流行歌曲，急匆匆地从不密封的墙洞里流进来。经过墙洞过滤的歌声，在我寂静的办公室里变得清新悦耳。

不知从哪一天开始，我发觉除了流进来的歌声，室内似乎多了一种异响。这种异响应该不是随室外的歌声而来的，它分明来自我的头顶，是一种独立的声音。

只是头顶上和四周的墙壁很光洁，也不见有什么异物。

或许是空调内机在响？

我站在椅子上，贴近空调内机静静听了听，这种异响戛然而止。然而，我刚刚坐下来，这种异响居然又响起来了，还卟嗒卟嗒地响得很有节奏很有耐心，仿佛故意要我和玩一把。

从此，这种异响在办公室里日复一日地响。有时连续地有节制地响，有时急风暴雨般地响，搞得我心烦意乱，材料也越写越糟糕。

我下定决心要捉住这个"罪魁祸首"，经过连续几天的细致观察和倾听，终于证实这种异响来自空调内机的室内管子中。这管子一头朝外，另一头连接着头顶上的室内机。难道说，从挂在墙外的下水管子里，爬进了一只找死的虫子？

这虫子在我的头顶上不屈不挠地响动，而且越听越像是绝望的挣扎之声。

我又跑到室外去认真观察，发现那根紧贴墙壁的下水管子很细，而且悬挂在二楼，飞鸟之类的绝对没本事钻进去。那么，难道钻进水管的是一只贴着墙壁爬行的壁虎？

想象之中的壁虎，在下水管子里绝望地挣扎着，进退两难，坐以待毙，这是一种多么残忍的现实。

我希望它能活着回到自由的空间，去捕获那些蚊蝇之类的害虫，繁衍子孙，享受美好的生活。

许多天过去了，管子中的活物依然还在挣扎，而且这种挣扎之声更加急切和痛苦。我担忧这小小的活物会饿死或者困死在里面，它的父母它的同胞此时此刻，一定听不到它绝望的挣扎之声，它的死亡或许会很寂寞。

我似乎也束手无策，从冬天一直到春天，这只想象中的壁虎居然在这根细长的管子里顽强地活着。确实，它的挣扎之声渐渐地少了，声音也微弱起来了，自由的希望越来越渺茫。

为自由的挣扎一定很痛苦，这是一种什么样的滋味，是痛，是怨，还是悔？

我每天都在等待这种声音的消失，即使是死亡，或许也是一种解脱。然而，有时候死也是不容易。譬如这一只想象中的壁虎，它挣扎这么多日子的事实，雄辩地证明了死的不容易。

转眼间，酷暑到了，冬天不用夏天用的空调开机了。我想空调机使用起来的冷却水，或许能把管子中的活物冲出去。空调开始每天使用，它的挣扎之声却还是没有停过。或许它有水喝了，生命将会顽强地延续下去。

要么死去，要么重返自由，有两个现实可供它选择，长期活在水管子中是不可能的。

我想拯救这小小的生命，先用手拍打头顶上的管子，接着找来一根木棒连续击打管子，想让管子中的活物能够震落到墙外去。经过几天努力，这种美好的愿望以失败而告终。

夏天很快过去了，头顶上的挣扎之声突然停止了。这是一种陌生的清静，生命之声远走高飞了。

这一只想象中的壁虎是逃生了，还是死在这闷热的下水管子里？我不愿再想起这件事，想到这种声音，似乎心里就会有沉闷的感觉。

大约清静了十多天，也有可能是半个月，那种挣扎之声突然又响起来，仿佛要继续演绎这场生命的悲剧。事实真相如何，只能通过拆空调管子来证明，这样做，或许能挽救还在挣扎的生命。可是，我不会弄空调，必须通过单位搞后勤的同志，请来修空调的师傅才能搞定。

为了看看空调管子里面有什么？或者说，为了拯救管子里面的生命？理由既滑稽又有些不可思议。

当我犹豫不决时，这种熟悉的挣扎之声停歇了。接下来的日子里，我的办公室都是安静的。

秋去冬来，我调到别的科室去了，不用再为文字材料绞尽脑汁。

我经常还会想到这种挣扎的声音，这是情不自禁的。它真的是壁虎，还是其他的活物？这些都已经不再重要。关键是它逃走了，还是在绝望中死了？

这个问题不会再有结果。当然，它无论是死还是活，那种对生对自由的渴求和在绝望中的不懈努力，一直在触动我的心灵。

关于动物追求自由的事，我还想继续说下去。

我女儿小时候，养过两只虎皮鹦鹉。它们可爱活泼，被囚于一只竹笼之中，除了失去自由，一切待遇都十分优厚。

竹笼中的鹦鹉只能在小小的笼子里跳跃扑腾，看上去它们很快活，也乐意在笼中生活。当然，即使它们为自由在愤怒地喊叫，我们听起来也认为这是悦耳动听的鸟叫。

其实，鹦鹉时刻都在为自由挣扎着。有些事，人不知道，鸟自己知道。

有一天，竹笼的门被打开了。人没有打开过竹笼的门，那一定是鹦鹉自己打开的。后来，经过我的一番研究，确定竹笼门是被鹦鹉用呈钩状的嘴顶开的，这实在令人感到意外。

当时，竹笼中还有一只雌鹦鹉，她似乎还没反应过来。获得了自由的雄鹦鹉，很兴奋很激动，拍打着翅膀呼唤竹笼中的爱侣。或许雌鹦鹉太激动太紧张，居然没有逃出来，只顾急切地哀叫。

雄鹦鹉没有顾自逃走，它很有耐心地等待雌鹦鹉逃出来。可是，雌鹦鹉还在不知所措地哀叫。雄鹦鹉慢慢靠近竹笼，突然义无反顾地一头钻进了笼里。

鸟笼的门关死了，鹦鹉们错失了一次获得自由的良机。不过它们又有新的动作，就是用钩状的嘴，很有耐心地磨咬竹笼。

鹦鹉们磨咬竹笼的方式很特别，它们只认定一支竹柱子用心用力磨咬。一天又一天，鹦鹉们轮番奋力磨咬，似乎咔咔有声。原本纤细的竹柱子变得越来越粗糙，并日渐趋于细软。功夫不负这两只追求自由的囚鸟，它们再一次获得了成功。这根竹柱子经受不住长时间的磨咬终于断掉，鹦鹉如愿以偿地双双远走高飞。

后来，我女儿又养了一只毛茸茸的荷兰鼠。它被养在浴缸里，这既便于清洗，又能让它拥有一个较大的活动空间。

荷兰鼠对这个比笼子大得多的环境似乎还不满足，面对又高又滑的浴缸壁，它经常企图跳出来。荷兰鼠不安稳地来回奔跑，一直期望找到一条通往自由的大道。滴水不漏的浴缸，让它的努力都成了一种逗人的徒劳。

荷兰鼠渐渐地老实安静了，它不愿再费力地奔跑。它喜欢趴在浴缸的下水道口上，闭着眼睛享受生活。当时正值初夏，为便于随时冲洗浴缸，我们没有在下水道的口上塞橡皮塞子。

难道它想钻进去找死？我把它拖开，它又趴上去。如此反复几次，它还是顽固而勇敢地趴上去。下水道的口子很小，何况上面还有十字状的塑料物。

荷兰鼠想要钻进去几乎不可能，即使钻进去了，也必定死路一条。它虽然是人的玩物，但它也有生命，应该也是怕死的。它铁心选择趴在下水道上面，只能被理解成为这儿凉爽舒适。

荷兰鼠每天都老实温柔地趴着，一副悠闲自乐的样子。

有一天，这只温柔的荷兰鼠失踪了。我们搜寻了所有的房间和家具，角角落落也无一疏漏，但没有发现这只荷兰鼠的踪影。

它真的钻进下水道了？仔细一看，下水道的十字状塑料物确实少了一角。我用手电对着漆黑的下水道照了照，未发现有异物。细细听了一会儿，也寂静无声。

晚上，洗澡时发现下水道堵塞了。事实证明，荷兰鼠钻进了下水道，而且它已经死在管道中了。

请人打开下水道的弯头，死去的荷兰鼠赫然在目，它头朝下呈俯冲状，一副勇往直前的模样。尽管它已经死了，但它确实是一只有心计有勇气的小动物。在几乎绝望的困境里，它依然在为自由努力奋斗，并且不惜自己的生命。

对于有生命的活物来说，生命诚可贵，但自由也同样重要。失去了自由，活着也就没有了意义。

生命中不能承受之痛

一只貉被人拖出笼子，当身体离开地面时，它停止了反抗和挣扎。这只貉缩成了一团，眼睛似乎有些潮湿。

先来认识一下貉这种动物，貉又称貉子和狸，犬科动物，棕灰色毛，耳朵短小，嘴尖，两颊长有长毛。生活在山林中，昼伏夜出，以鱼虾和鼠兔为食。是一种珍贵的毛皮兽，现在已开始大规模圈养。

在中国，商业上习惯把貉分为南貉和北貉，即以长江为界，长江以南为南貉，长江以北为北貉。

野生貉对环境适应性较强，除荒漠地带外，由亚寒带到亚热带地区的平原，丘陵及部分山地，均可生活。多栖息于靠近河流、溪流、湖泊的草原地带和丛林中。常利用树漏、石缝或其他洞穴进行穴居，有时也自行营巢穴居。貉属杂食动物，消化系统的特点功能介于肉食动物和草食动物之间。

血腥弥漫在空气里，一场杀戮即将开始，主角就是人和貉。

有人把手里的一只貉高高抛起来，貉在空中翻了几个身，然后急速下坠。一声闷响，貉摔在坚硬的地上，飞舞的尘土湮没了它的惨叫。

倒在地上的貉生不如死，全身抽搐，湿润的眼光中，期待一种渺茫的希望。

这个人又走上前来，步履轻松，他的手上多了一把锋利的短刀。

貉看到了自己的末日，它突然昂头龇牙怪叫起来，全身的血肉都在颤抖。这个人一脸漠然地用脚制服了垂死挣扎的貉，然后把它倒挂在一辆染红鲜血的农用三轮车厢的铁钩上。貉喘着惊慌的粗气，眼神绝望可怜。这一刻，它唯有无可奈何地等待死神的来临。

这个人开始干活了，他举起手里的短刀，干净利索地把刀锋刺进貉的后肢和肛门之间。刀锋在血肉之间轻快转动，传出清脆的皮肉的分离之声，接着皮毛与后肢彻底分开了。

这个时候的貉还活着，它痛得惨叫不绝，还艰难地回顾头来，或许想看一眼自己惨不忍睹的身体。可一切都晚了，它身上的皮毛被撕过了腹部，眼前只这么黑了黑，皮毛与血肉就完全脱离了。

整个过程，一眨眼之间，这个人活剥貉皮的手艺堪称一绝。

剥了皮的肉体是红彤彤的，血水开始渗出来，散发出一股恐怖的热气。

这个人随手把这只活剥了皮毛的貉扔进农用车厢。貉依然没有死，或许它真的不想死。它又摇摇晃晃爬起来，绝望地抬起头向后望。这一次，它终于看到了自己的身体。眼前这个血淋淋的肉体，和自己离开母体来到这个世界时一模一样。不同的是，那个时候是生命的诞生，而现在是生命的终结。

　　貉一直是清醒的，自己虽然是动物，可被活剥了皮毛去死，是不是太悲惨了！

　　对于人来说，活剥动物的皮毛，只是为图个方便利索。这血腥的一幕，发生在河北一个叫尚村镇的地方。这里有一个中国最大的生皮交易市场，据说当年的年交易额达35亿元，皮张购销量占全国的60%以上。

　　在这些数字的背后，有多少像貉一样的动物被人活剥了皮毛。爱护动物，珍惜生命，或者说用人道的理念宰杀动物，这条路确实太漫长了。

　　"双肩的冻及不上它们的痛，请不要穿毛皮"，"这些动物宝宝想念它们的母亲，请不要穿毛皮"，这是总部设在美国的人道对待动物协会，首次在中国发布的反皮草公益广告。

　　皮毛从动物身上活剥下来，这是生命中不能承受之痛。我们有过不小心划破皮肤的感受，或许还尝过割破皮肉之痛，可这些对于被活剥皮毛的疼痛又算得了什么呢。

　　有哲人说过，人既是天使，又是魔鬼。确实，对于被活剥了皮毛的动物来说，那些人无疑就是魔鬼。

　　在这个世界上，善良的是人，残忍的也是人。

　　在中国历史上，有人觉得一刀杀了人不够过瘾，就采用剥人皮的方式。据史料记载，三国时就有剥人皮的酷刑，而剥整张人皮主要发生在明朝，朱元璋、魏忠贤、张献忠等人，都是剥人皮的"高手"。鲁迅先生曾经说过，大明一朝，以剥皮始，以剥皮终，可谓始终不变。

可以想见，一个人被剥了皮去死是如何的痛苦，这只有丧失人性的人才干得出来的事，这种人不是魔鬼又是什么呢？

如今人类走进了文明社会，一些非人性非人道的行为正在被文明所取代。人类在关注自身生存环境的同时，也越来越关注那些动物的生存环境。文明社会的重要标志之一，就是人对动物的态度。

所谓要有爱心，并不仅仅在于人与人之间，而应该包含于这个世界上的所有生命。动物不是人，可动物也有生命。

早年，我写过一篇文章，题目叫《生命之忧》，内容也是有关动物的。中国人有一个很不善良的习惯，特别是到了现在这个时代，几乎到了吃无禁忌的程度。当然，民以食为天，说到底，人生不过吃喝之间的事，但吃动物也要给动物有一点死的尊严。

我这篇文章中写的是一只野兔，一个粗壮的男人用一把短铁钳钳住野兔，另一只手则抓住兔耳朵。野兔的身子立即伸直，竟无半点挣扎，唯有眼神中流出点滴求生的企盼。或许它心里明白，此时此刻无论怎样挣扎，大抵是毫无意义了的。一瞬间野兔一命呜呼了，那个男子娴熟地剥下了兔皮，眼前是一团血淋淋的肉体。接着，一碗香喷喷的野兔肉上桌了。我的眼前总是闪现着充满血腥味的情景，这餐饭便变得绝顶的无味。我不是一个佛教徒，也不是一个想故作怜惜生物的善人。我只感觉到亲眼看着一个弱小的生命,在顷刻间被杀死又食之,心里总会泛起一种生命之忧。

有一位讲究善性的人告诫我,有灵性的东西尽量少吃,譬如猫狗、蛇鳄、龟鳖等等的,越是野生的越不能吃。千年龟万年鳖,或许筷子下的它们已经活了几百年,杀了吃了它该是何等罪过。想想这话很有些道理,至少对保护动物有好处。

后来,又有一位信佛教的人劝我,不要杀生不要吃有生命的东西。说生命是有轮回的,人与动物在相互投胎,你吃来吃去极有可能吃掉了前世的亲人。佛教把不杀生列于"五戒"之首,教导世人,好生恶死,物我同然;我既爱生,物岂愿死?由是思之,生可杀乎?

最后一具古尸

地下还有多少古尸，我们谁也不知道。地下的古尸会越来越少，我们肯定都知道。

面对从地下大白于天下的肉身，我们对他们的好奇和猜测在所难免。

他（她）是谁？他（她）生前有哪些辉煌的功绩，或者干过哪些伤尽天良的坏事？当然，还有，他（她）是怎么死的？这些问题他（她）不可能自己告诉我们，因为他（她）早就不用为飞黄腾达和温饱冷暖操心，也懒得关心人世间的喜怒哀乐和钩心斗角。

他（她）在地下已经笑傲这个世界几百上千年了。现在，我们得到的只是他（她）没有灵魂和思想的身躯，一切的一切都是我们的猜想和推测。

我们通过所谓的研究和考古来了解来熟悉陌生的他（她），断定他（她）活着的时代。即使我们猜到了他（她）

的时代和身份，这些信息也是远远不够的。

对于他（她）的真实一切，或许我们永远无法破解。对于他（她）所生存的那个时代，我们也只是一知半解。这样看来，我们需要发现更多的有价值的古尸，来实现我们了解和掌握过去的岁月。

据说郭沫若先生生前主张发掘秦始皇陵，他想亲眼见识一下这个统一六国的皇帝，会是一副什么样的尊容。当然，郭老更希望在秦始皇陵墓中发现一些有价值的东西，为他对古代历史和古代文字的研究提供重要的依据。

我读过郭沫若先生的《奴隶制时代》一书，他在书中除了有专论古代"殉葬"的内容外，还感叹"我们可以利用的资料太少"了。假如能发掘秦始皇陵，这对郭老的研究确实大有益处。

作为一个尚活在当代的人，我也有一种想打开帝王将相或达官贵人的陵墓看看的想法。平民的古尸一定也是平常的，最多被我们的专家翻来覆去捣鼓几下，也不会有太大的研究价值。

帝王将相和达官贵人不一样，他们死后一定有无数珍宝作陪葬品，有活人殉葬，穿的也是"金镂玉衣"，对我们这些还活着的人来说，这实在是一种有意义的"幸会"。

如果陵墓中发现的只是一具骨骸，这肯定是非常遗憾的事。因为人的骨骸看上去都一个模样，无论是皇上还是平民，都是一堆可怕和恐怖的白骨。

有一次，中央电视台直播古墓发掘的现场，弄了大半天最后只搞到一个骷髅，匆匆赶来的人类学专家或者考古学专家在电视镜头面前，把这个骷髅是男的还是女的也搞错了。让人大跌眼镜的同时，也让我们见证了这项工作的难度。

如果发现的是一具完整的古尸，看的人有兴致，说的人有精神，专家也可以从容不迫地面对观众解说了。我觉得，发掘秦始皇陵还可以证实一下这个发动过"焚书坑儒"的暴君，是不是会面带笑容地出现在如今研究历史的"儒生"面前，抑或还能发现一些记载他的丰功伟绩的文献资料。

想起来，确实值得我们期待。

当然，我的想法不能与郭沫若先生的愿望相提并论，完全属于痴心妄想。尽管如此，我还是有许多近乎荒唐的推论。

佛教主张生命有"轮回"，这对一心追求荣华富贵的人来说，实在是太美妙了。如果能既"轮回"又不失去以前的所有记忆，那么"官人"就可以世世代代是"官人"，而平民则会更加老老实实地继续做平民。

还有谁是恩人、谁是仇人、谁又是亲人等等的，都会一一牢记于心。在这种条件下，发现了古尸，那一定是一件非常热闹有趣的事。尽管这具古尸几百上千年了，只要在电视上露一露"脸"，就会有许多人在关心，"他（她）"会不会是"我"或者与"我"有关，会不会是"我"的亲人或恩人或仇人。

当然，果真如此的话，这个世界或许更加复杂更加不公平。

古尸还是让其不知是谁好，这样我们的考古工作者、人类学专家还有如我这般的好事者等等的，可以一脸认真地面对"他们"去研究去沉思。只是古尸越来越少了，我们的肉体到时将连同我们的灵魂一起灰飞烟灭。没有人会知道我们是谁，更没有人知道我们的肉体在哪里，人类再也见不到同类几百上千年前栩栩如生的面容了。

那么，谁将成为这个世界上的最后一具古尸呢？

天衣寺遗事

　　绍兴秦望山西北麓有天衣寺遗址。据记载，天衣寺原名法华寺，东晋十二年由高僧昙翼创建。后来，昭明太子萧统赐以金缕木兰袈裟，遂改名为天衣寺。

　　天衣寺遗址埋没在荒草乱石之下，依山而建的痕迹断断续续，曾经有过的辉煌还隐约可以辨认，那些流逝的岁月似乎依然凝固在此。

　　很久以前，以天衣寺为中心的大小寺院很多，僧人上千，香烟袅袅，经声不绝，高僧辈出。至今我们还能想见，这个青山环抱的天衣寺，发扬光大了佛教，造就了多少不灭的精灵，还留下了一些至今让人揣摩的故事。

　　遗址在阳光和山风里沉睡，四周的空灵和寂静，让意象中的天衣寺逐渐清晰。我们每走动一步，或许都会打扰那些心留此处的高僧们的修行。

　　天衣寺的地上建筑已经荡然无存，但它的气势和历史，还存在于这方天地之间。"法华寺碑"像一个巨人躺在地上，看上去是那么的从容不迫，仿佛安息着一个曾经的伟人。碑上的文字依稀可见，记载了天衣寺的辉煌。这是遗址之中的唯一文字，可惜它在岁月的流逝中半遮半掩。

　　遗址内还有一处古泉，据说这是天衣寺僧人们的生活用水。古泉不大，水也不深，却是一个久旱不会干涸的神泉。现在的古泉水清无声，连水上的虫子也无声无息，虫子仿佛都在专心聆听高僧讲经。尽管这是一种偷听，却是如此的严肃认真。或许天衣寺的灵气缠绵不散。

　　某日，有一个人，拿起粪勺从古泉中取水，几天后古泉里的水突然流走别处，所剩少量泉水也是混浊如泥。即使到了梅雨季节，仍不见水涨水清。过了好长时间，清泉才慢慢回来，显示出它原本的气质。

　　时光匆匆，天衣寺融入了岁月的深处，多少僧人也都成了古人，只有遗址像一个饱经沧桑的老人，孤独地回味着这里曾经有过的人和发生过的事。

　　遗址下面有两间简陋的茅屋，孤独而不失幽静，里面住着一个受雇于人看牛放羊的老妪。老妪夜里听惯了风吹山林的声音，熟悉了遗址前两条小溪自然合一的潺潺流水之声。春夏秋冬，各种飞禽走兽的叫声喧嚷，老妪也都一一熟稔于心。

　　这是一种远离尘俗的清淡生活，就是所谓的与世无争。然而，某一日老妪遇见了一件耿耿于怀的事。

　　那是一个月黑风高的深夜，老妪仿佛如约从梦中惊醒，辗转反侧难再入眠。朦胧之中，老妪听到了一种既熟悉又陌生的声音，它不是夜风吹遍山林，也不是悦耳的潺潺流水，更不是飞禽走兽的叫声。老妪的困顿全无，提心侧耳倾听片刻，终于想起这是一种僧人敲打木鱼的声音。

老妪慌忙披衣下床再听，这种声音越听越清晰，而且木鱼声里居然还有僧人的念经声。老妪先是惊慌，接着沉静，后来就有了敬畏。

荒山僻野，除了老妪和她带的两个十岁以下的孙辈顽童，别无人迹可寻。老妪难以相信这是真的，可她确实听到了这种声音，而且这种声音来自黑暗之中的天衣寺。

天色放亮，太阳也出来了，老妪怀着满腔疑惑，来到不远处的天衣寺遗址。她东张西望一无所获，除了芳草萋萋，乱石成堆，虫叫风吹，一切都是那么的原始寂寞。老妪茫然不知所措，她踏着天衣寺的遗址想，接下来的深夜里，自己还会听到僧人敲木鱼念佛经的声音吗？

天衣寺遗址上有几间小平屋，与下面老妪的简陋茅屋上下相望。这当然是现在僧人新修的，为的是便于他们在此修行。天衣寺的地理位置无疑适宜于潜心修行，还有这里的遗风韵味也胜过别处。确实有几个僧人到这里来住过，可最后一个僧人也没留下来。

其中的奥秘究竟是什么呢？

一个曾经在小平屋修行过的僧人，小心谨慎地道出了其中原委。他在此修行时，夜里时常有人悄然进屋，然后掐住他的脖子不松手，差点要了他的性命。面对这个闭门能入的"凶手"，这个僧人只能选择放弃在此修行的念头。

这样想来，别的僧人或许也遭遇过这种事。那么这是谁干的呢？

盗贼显然是不可能的，荒山野岭之中几间小平屋，一个云游四方的穷僧人，为此图财害命肯定不值得。最后还是这个僧人悄悄说出了自己的判断，是狐狸精！

狐狸成精是家喻户晓的传说，那么天衣寺周围的狐狸难道真的成精了吗？

几百上千年以来，天衣寺香火旺盛，高僧讲经念佛，有灵性的狐狸一定获取了修炼成精的秘密。如今寺院毁灭了，高僧也无踪影了，但那些狐狸早已修炼成精。成了精的狐狸依然留恋这里的山水，依然留恋天衣寺高深莫测的气息，或许他们在此安居很久了。

另一个僧人也说出了他在天衣寺修行的经历。

某一个深夜，狐狸精又潜入小平屋，举手就想掐住熟睡的他。不料此僧人已稍有法力，狐狸精几次三番不能近身，最后恼羞成怒地拿起僧人的尿壶，故意放在供桌之上，以此羞辱这个僧人的虔诚修行。这个僧人虽然没有被掐住脖子，也没有生命之忧，但狐狸精的这种调皮捣蛋，同样让这个僧人难以在此长住修行。

即使真有狐狸精，他们为什么要如此对待一心修行的僧人呢？这又是另一个奥秘了，如果探究起来应该也和天衣寺有关。狐狸成精靠的是长年累月偷听高僧讲经念佛的结果，他们对天衣寺会有一种别样的感情，这是人所体味不到的另一种情感。

现在天衣寺早已寺毁僧散，狐狸精也不得不接受这个寂寞的现实，但他们肯定不希望有人出现在这里，这堆废墟属于久远的过去。每一声脚步，每一句人声，都是一种打扰和不敬。

一切都成了过眼云烟，天衣寺成了遗址，高僧和曾经的经声佛号、金缕木兰袈裟也不知去向何方，留下了这些信也好不信也好的琐碎故事。

寂静寺

会稽山脉在绍兴城西约十五公里处异峰突起，主峰宝林山一带山势层峦叠嶂，登临眺望，峰峦如画，美不胜收。

山上有一处不起眼的小寺院，称作寂静寺，为一代高僧密参大师住持并圆寂之地，留下两百多颗舍利子珍藏塔内。台湾学者南怀瑾先生亲笔为塔院题词，在佛教界享有盛名。

寂静寺像一位身心平静的大师，藏匿在鸟语花香的山林深处。

那天兴致所至，与友人相约再访寂静寺。这山并无峻气，但幽静。山上稀见人影，有山野之风从林中而来，鸟声清脆悦耳。极目远眺，一轮红日在冉冉升起，阳光生机勃勃地爬过山顶，很快满山满野都成了金色。

我们之前走过的一条上山小道，已经变了模样，又窄又乱，正在被杂草慢慢地湮灭。岁月会毫不留情地带走一切，路是靠人走出来，路也会被人荒废。

抬头看到一条正在修建的公路，从我们上山的小道边上伸向山的腹地。这儿成了一个正在大规模开发的景区，这一带的香林寺、宝林寺和寂静寺据说都纳入了这个大景区，宗教文化也成了所谓的旅游项目之一。

不久的将来，寂静寺就会成为宗教文化旅游的一部分，也就是说，到时上山也要掏钱买门票了。

自然能改变人类的生存环境，事实证明，人类也完全有能力改变自然。

走到离寂静寺不远，小道突然断了，出现在眼前的是一个大工地。远处有工程车在施工，隆隆之声仿佛从天而降。工人们正在开天辟山，打造一个自然山林中的新人工景区。我不知道山会不会疼痛，它像被剥了几层皮，露出了支离破碎的肉体。正在修建的大路利剑一样穿透了大山的心腹，悲哀遥遥无期。

大路一直修建到寂静寺的上方，据寺院的僧人介绍，寺院将被整体抬高几米。旧的寂静寺拆除后，一座新的寂静寺即将诞生。

坐在寂静寺里，已经听不到鸟鸣虫叫和流水的声音，这不是说这种美妙的声音消失了，鸟鸣虫叫和流水的声音，被现代机械的轰鸣声湮没了。眼前就是一条正在修建的大路，一条通天大路，我们听到头顶上钢铁撞击山石的震撼声，肉体仿佛已经岌岌可危。

那些僧人的表情依然如故的平静，该怎么样还是怎么样，不为身外环境所动，这是一种真正身心寂静的境界。

中午在寂静寺吃斋饭，阳光灿烂暖和，一老年僧人陪我们边吃边聊。老僧的饭碗特别大，让人联想到老人确实靠饭力。他的牙似乎不行了，嚼起来很慢。我们从交谈中得知老僧七十有五，看上去不会到这个岁数。老僧比较健谈，也平易近人，我们问他到这个寺院多少年了。

老僧平静地摊开一只手掌，一脸慈祥地说，再过几天就满五十年了。

我们的脸上露出敬意，说您老真不简单呀。

老僧摇了摇头，遗憾地说，混混而已，我没有真本事，成不了高僧。

我们真诚地说，您不能这么说，在这个小寺院心甘情愿生活半个世纪，这实在是一件非常不容易的事。老僧嘴里喃喃着，阿弥陀佛，惭愧，惭愧。

我不知道老僧所说的高僧，该有一种什么样的标准来衡量。这是佛门之事，对我等俗人来说，当然属于深不可测。但我能清醒地感觉到，半个世纪对短暂的人生意味着什么。这是一种信仰一种境界，有几个人耐得住半个世纪的孤独、寂寞和清规戒律。

这个老僧抑或所有的僧人，他们既然入了寂静寺的门，他们的身心就是寂静的。过去的人和事，老僧也经常有回忆，但都是恍若隔世的尘俗旧事，与现在的老僧应该全无半点纠葛。因此，老僧说起那些过去，脸上总是挂着平静，虽然留有一丝沧桑，人心已所向，杂念早成烟。

其实，寂静寺的僧人都是有涵养有知性的，他们不会埋怨生存现状、叹息怀才不遇、闲话官场琐事。这些僧人的话，给人一种豁然的启发甚至于顿悟。

我抬头望着太阳，觉得每个人都拥有相同的日出日落。

老僧，我，我们和这个世界上的所有人，每个生命都有着不相同的轨迹。

阳光渐渐离开了老僧，这一天又要过去了。老僧矮瘦的身躯沐浴在阳光里，与寺院的山林鸟声风声，融为一体的独特生命意境。

太阳是万物之灵，所谓生命所谓成长所谓成熟，都离不开太阳。太阳向着西天滑去，太阳很快会在我们眼前消失，可太阳还能升起来。对于生命来说，太阳是永久和永恒。曾经有一句家喻户晓的歌词，万物生长靠太阳。这无疑是自然界的一条生存规律。人到中年，就像是坠向西边的太阳，少了朝气多了忧郁。

我们踏上了归途，走在弯弯曲曲的山路上，我突然想到，这个心无杂念的老僧，是怎样感受落日呢？生命中有太多的落日被漠视了。如果用想找到些什么的心态，去感知生活中不变的落日，一定也会发现其中太多太深的内涵。

手写稿

我说的手写稿不是名人大师的手稿，是我自己手写的文稿。

那天，午后的阳光很热烈，天地透出无限金色。露台上的花草懒洋洋的，几只不知名的小秋虫，一心一意穿行在花枝绿叶之中，似乎要把一生都耗尽于此。虽然是初秋，还能感觉到酷暑的留恋。

我走进大书房，这里大约有六七千册书，都是一般意义上的阅读书籍，以文史哲为主导。我默默注视着这些书，我经常这样莫名其妙地面对它们。

我开始翻阅书籍，没有明确的目的，一本一本地翻过去，很随意也很充实。感觉自己也像那些小秋虫一样，一心一意穿行在文字之中，似乎要把一生都耗尽于此。一间书房，是一个世界。站在一屋子的书籍面前，我就像一只小小的虫子，那么的渺小和浅薄，也是那么的可有可无。

我从杂乱无章的书柜中，翻到一只发黄的档案袋。这个书柜里集中堆放了旧杂志旧报纸，翻动起来，飘出一阵淡淡的旧纸张的气味，这是一种尘封岁月的气味。

　　这只档案袋里藏着什么呢？我坐到地板上，拿起档案袋，手里的档案袋有些沉甸甸。我想了想，想不起里面放了什么。我又想了想，还是想不起来。我不想马上打开它，如果马上打开来看到结果，就没有了想象的余地。有时候，想象是一种无拘无束的陶醉。

　　突然，我想到里面会是钱吗？你得了吧，想得比做梦还美，这是绝对不可能的。还是打开来看看吧，万一真是钱呢，自己藏着忘记了。我不再想下去，很快把档案袋打开来，里面还有一只塑料袋，真是钱或者什么宝贝吗？

　　抽出塑料袋，真相大白。什么钱？什么宝贝？不就是一大堆手写的稿子嘛。反正闲着也是闲着，拿出来看看吧。

　　我依然坐在地板上，坐在地板上的感觉真好，让我想到了童年，童年光屁股坐在石板上玩耍的那种感觉。

　　我把这些手写稿摊在地板上，那些细小的黑色的文字，像密密麻麻的书虫，铺在我的眼前。这些都是我早年写的手写稿，纸面上已经有许多黄斑，就像一个老人身上的老年斑。

　　我开始一张一张地翻动它们，还真不少，发现许多早期的手写稿都在。因为文末没有标明写作的时间，所以我想当时我根本没有要保留这些手写稿的意思。现在，越是没有意识到的，就越随意，越能留存在人生的缝隙里。

　　这些早年的手写稿，大约有数十万字，有散文稿也有小说稿。在看到它们之前，我确实忘记了它们。

这份 1992 年发表在《野草》第 1 期上的小说《古董》手写稿，纸张已经黄了，文字写得像横行霸道的螃蟹，满纸的夸张。还有同年发表在吉林《短篇小说》第 2 期上的《九叔公》和甘肃《飞天》第 6 期上的《秋夜》手写稿也都在。

这些小说肯定不是 1992 年当年写的，或许写于发表的早一年，或许早二年三年，或许会更长些。这样的话，这些手写稿也有二十多年了。二十多年，弹指一挥间，如果是一个生命，那正是风华正茂的年纪。

这一堆手写稿，发黄了，尘封了。而我这个制造手写稿的人，二十多年的岁月年华，除了奔跑在时光之中，追赶那个一定要落山的太阳外，做了些什么呢？我想想，想到的都是浮光掠影的缥缈虚无，像一个又一个的梦，流失到了阳光、黑暗和空气中。

我终于叹息一声，因为我没有发现散文《代课老师》的手写稿。算起来，这篇散文发表在 1989 年 12 月的《浙江教育报》副刊上，它应该是我发表作品的处女作。可是它没有出现，这无疑是遗憾的。

我依然坐在地板上，那些手写稿默默地陪着我，我和它们一起怀念那些逝去的岁月。过去的，都成了永远，无论是美好的还是丑恶的；无论是有意义的还是无聊的，所有的一切都成了过眼烟云。

我轻轻拿起一张张手写稿，仿佛怕弄醒沉睡的它们，这种感觉那么的亲切安静。它们都是我的心血，是我孤灯下一笔一画的结晶，是我无数个黑夜里的思想积淀。

这些手写稿的字居然那么的细小，细小得我现在看上去感觉到了眼花缭乱。我手写有一个习惯，就是喜欢用信笺纸的背面写，而且喜欢字写得很小很整齐，写得密密麻麻，读起来有种透不过气来了的感觉，我才会满足。一般一张16开的信笺纸上，要写到两千字以上。

曾经有人看到我蚂蚁一样的字迹，以为我是为了节约纸张。其实，完全不是的，那时单位里有的是信笺纸，要多少有多少。我把这种写法演变成了一种习惯，或者说成了一种写作嗜好。不写到这个份上，我就觉得写作没有味道没有激情。

就这样，现在这堆手写稿，都是这种看上去要头晕的"蚂蚁体"。现在看到它们，凭我这双眼睛，不要说再写这种手写稿，就是读起来也会感觉到累了。

这些手写稿肯定没有什么价值，这个我心里明白，它只是我生命历程中的一段记录，说明我曾经做过这些事。其实每个人的生命历程，都是一行足迹和一种记录。一个抽烟的，一个喝酒的，一个赌博的，一个扫地的，一个……每个人都会有属于自己的足迹和记录。

坐了许久，想了许久，我缓缓收起这些手写稿，重新放回塑料袋，再装进档案袋。我站起来，关上书柜的门，看到窗外的太阳已经落下去了。

自行车

关于自行车这个话题，以前经常谈起，文章也写过了，然而现在觉得还有话要说。

中国号称"自行车王国"，拥有的自行车绝对数量当之无愧排名世界第一。可以这样说，在 20 世纪 80 年代，自行车和我们的生活紧密相连。那个时候，谁家没有三四辆自行车，或者更多一些，它承载着我们的身体东奔西走。

不知从什么时候开始，自行车被电动车和汽车取代了。仿佛一夜之间，时代已经奔腾向前。想起来，我也有许多年不骑自行车了。

上班在二十公里外的地方，自行车似乎"英雄无用武之地"了。每天来回坐单位的接送车，来来去去，周而复始。十多年了，已经习惯成自然。

晚上有事出去，要么走路要么坐公交车，也有"打的"的时候。家里有车不想开，因为车开出去后，回来停车就没了车位。几年前，小区里的私家车还寥寥无几，想怎么停车就怎么停。现在已经车满为患，从小区里面一直停到小区外面，钢铁长龙塞满大路小路，蔚为壮观。

我们的家园，不再是一个安静的家园，更不可能是修养身心的家园。我们的家园，正在变成一个空气中奔腾着废气和噪声的大停车场。我们都是受害者，或许也是一个破坏者。

我说了那么多，其实就是想说，我要骑自行车了。

这个晚上，我要去住在城南的一个朋友家聊天。那里虽然靠近我居住的城东，但已经快到南二环，走路实在太远，坐公交车得转几路，或许根本转不到。出租车去难找到，回来更难找到。

我决定骑自行车去，家里有一辆很久不骑的自行车。我先在门口骑了骑，车子都好。骑出小区，感觉这辆自行车很陌生，车把手东倒西歪不听使唤，毕竟很久不骑自行车了。不过骑了一段路后，慢慢找到了感觉。

一般来说，骑自行车、游泳之类的技能，学会后就不会忘记。特别像骑自行车，以前骑了二十多年，几乎每天都骑，骑到单放手乃至于双放手的境界。

我是 20 世纪 80 年代初才学会骑车的。

我参加工作前，家里没有自行车，别人也不可能把贵重的自行车借给我学，再说借给我摔破了也赔不起，所以我到参加工作也不会骑车。

我十八岁参加工作到了乡下，因为工作需要，上级给我们所里配了两辆"杭州"牌自行车。看到发亮的新自行车，我的眼光也发亮了，可所里的负责人捏着车钥匙不让我学，怕我摔坏了新公车。

当时，我们所里一共只有三个人，管辖的地方比较大，下去办事像"红军长征"靠两条腿走路，工作效率低不说，一天走下来累个半死。最后为了革命工作大局，负责人不得不想通了，把自行车钥匙交给我。我拿到车钥匙后，兴奋得晚上也睡不着，只是没人帮我学骑车，这是令人痛心疾首的现实。

过了几天，我终于有了一个惊人的想法，就是在楼梯下狭窄的过道里学骑车，车要倒下去，就用手在墙壁上推一下。我一个人这样折腾了好长时间，功夫不负有心人，我终于折腾出成绩来了。有一天，我把自行车推到办公楼的空地上，突然爬上去歪歪扭扭骑起来，尽管像一个醉汉随时都有可能跌倒，但毕竟能骑自行车了。

我们的负责人惊呆了，看得两只眼睛也翻白，他或许感觉到了神奇，这个没人教他学骑车的小鬼头，怎么一下子能骑这辆二十八英寸的重磅自行车了？

我学会骑车终究是件好事实事，下去办事我可以骑车带负责人了。

开始负责人坚决不要我带，让我先骑到乡政府什么的地方等他。这样我起码要等他将近两个小时，等到负责人满头大汗地赶到，往往吃中饭的时间到了。下午匆匆办完事，我骑车回去，负责人则迈着大步再走回来。路毕竟远了点，负责人赶回来时，天色已经朦胧。

后来，他实在吃不消走长路的苦累，同意我骑车带他。我的骑车水平很不专业，风险随时都存在。

有一天，下雨了，泥地小路变得湿滑。我一不留神，自行车摔了个底朝天。负责人躺在地上，痛得哼哼呀呀地喊叫，其状悲惨可怜。从此，他走他的路，我骑我的自行车。负责人宁可走得累死，也不愿坐我的自行车摔死。

新中国成立初期，我家就有自行车了。我父亲曾经说，我骑自行车的时候，刚刚解放不久，绍兴城里的自行车很少。

那个时候，我祖父还在世，我父亲在城郊一所小学教书。我父亲骑着自行车穿行在这座古城狭窄的街头，浑身透出蓬勃朝气。

遗憾的是，我父亲先是被"反右"了，接着"文革"中又戴了"帽"。我父亲曾经引以为豪的自行车，偷偷运到乡下我外婆家里藏了起来。说是藏起来"避风头"，其实就是扔掉可惜，还是拿到乡下给大家玩新鲜值得。

现在，我骑自行车的感觉很孤独，从城东骑到南二环，大约骑了四十分钟。路上，我只遇见三个骑自行车的人，两个是比我更老的老头，我很快超越了他们。还有一个是小伙子，他骑车像一支箭从我身边飞过。

遥想自己当年，当天从乡下到城里骑个来回，单趟就要骑近两个小时。虽然累得两腿发软，但第二天照样又可以骑个来回。现在就是骑上一个桥头，也要拿出一身的拼搏精神。

路上奔跑的都是隆隆而过的"铁疙瘩"，它们就是越来越多的汽车。我每天坐在汽车里，似乎感觉不到它的霸气和杀气，当我骑着自行车与汽车相遇时，我突然感觉到自行车上的自己，渺小得不堪一击。

汽车是铁包肉，骑车的是肉包铁。当公交车、工程车、大货车等这些庞然大物，从身边疾驰而过时，仿佛这个世界在痛苦地颤抖，我的心就惊慌地提起来。

以前绝对不会有这种害怕的感觉。以前我每天都骑自行车，上下班的街道上，黑压压的一片，都是自行车。慢是慢了点，但放心安全，不会有提心吊胆的感觉。最重要的是心态淡定，骑自行车是漫不经心。

我小心翼翼地骑着自行车，因为除了接二连三从身边飞驰而过的汽车，还有像乱飞的虫子一样的电瓶车。它们从我的两边窜来窜去，一声不响地像个幽灵，让人惊出一身冷汗。

当然，说了别人的许多闲话，自己也有不足之处。譬如我总是要不自觉地骑到机动车道上去。我坐在车里时，看到在机动车道上骑车的人，总要骂他们简直是蠢到不要命了。现在，我骑自行车时，居然也不要命了，一不留神，就要骑到机动车道上去"鸡蛋碰石头"。

贺年卡

薄薄的贺年卡，似乎已经退出了历史的舞台。

贺年卡曾经在我们的生活中流行多年。每当新年来临，就会收到朋友们寄来的贺年卡。虽然只是一张薄薄的纸片，文字也寥寥数语，有的干脆只有印刷的祝福语，但蕴含的都是友情，至少传递着"还记得我"的温暖。

在我无所事事时，总要想到翻看这些贺年卡。

我把一包曾经的贺年卡取出来，然后一张一张翻看过去。我这么做，仿佛能看到一张张熟识而亲切的面容。我的朋友们，读着你们的文字，就像我们坐在一起促膝谈心。

拆开一只信封，一张漂亮的贺年卡上写着："谢老师，还记得很久以前你的话，如果这是生活的微光，我也愿意把此视为一生中的来来往往。铭记在心，很是温暖。"这是一个文友写给我的文字，写得认真工整，我读了好几遍，一字一句细细地读。我感到，读着这些文字的我，同样也很温暖。而且，一直会温暖下去。

我收藏的这些贺年卡，都是朋友们寄给我的，没有名人，没有官人，也没有富豪，他们都是普普通通的人。因为普通，这些贺年卡才保持着它们的朴素和清洁。

从 2001 年以来的六七年里，我每年都会收到朋友们寄给我的贺年卡，它们长长短短的都有。有一般的贺年卡，也有套信封的贺年卡，大约有几百张。我都保存着，而且会继续保存下去，我无法割舍这些贺年卡上的文字，它们包含着友情和温暖。即使只有一个地址和我的一个名字，也同样让我珍惜。

在抽屉里，这些贺年卡静静地等待着我，我每次都会慢慢地翻看，像在品味一件件珍品。在这些贺年卡中，有许多是 21 世纪初的，至今已经有十多年了。

曾经我们都收到过贺年卡，也一定给亲朋好友寄过贺年卡。

当时，寄贺年卡是一种时尚。我会专门跑到邮局，挑选很多我喜欢的有奖贺年卡回家。晚上，静静地坐于灯下，给亲朋好友写上一些文字。字不在多，即使只有"新年好"三个字，也是字到情谊到，传递友情和心意。

寄出之后，还会有一种期待，期待亲朋好友们寄来的贺年卡。等到一张贺年卡，就像见到一个多日未见的老友，心花怒放。

后来，这种感觉很难再找到，曾经的时尚也被我们冷落。这不是说我们没有朋友了，也不是说我们的情谊消失了，而是时代在不断地改变我们的生活方式。寄贺年卡不再是唯一传递贺新年的途径，手机和网络联系渐渐取代了贺年卡。

往事如烟，多少人和事，都成了过去。唯有眼前的这些贺年卡，留下了时光中的那些细琐的真实。

这些给我寄过贺年卡的人，有一部分虽然还是朋友，但像我一样已经懒散成性，基本不用书写文字联系了。我们用另外的方式传递友情，譬如聚会、譬如发手机信息和微信、譬如打电话、譬如用博客微博，譬如用QQ，等等。

当然，从内心来说，我更喜欢利用文字传递友情，或许这也算是一种情结，对文字的情有独钟。

如果我们没有用笔写上几句寄贺年卡，那么现在我手里什么都没有，更不可能有十多年的这些记忆。有了这些用文字传递友情的贺年卡，才让过去的岁月在记忆中复活，仿佛有了回到从前的感觉。

还有一部分人，他们像天上的流星一样，在我生命的某一个时光里，闪亮了一下，然后消失了，从此无影无踪。

翻看手头的这些贺年卡，其中有些人确实不再联系了。我捏着这些薄薄的纸片，面对的名字居然有些陌生，我的记忆也模糊了。

还有一些贺年卡，成了岁月中的一个谜。也就是说，直到现在，我竟然还看不清是哪个朋友寄给我的。

我除了看正楷字体没问题，面对龙飞凤舞的字体缺少悟性。手头有些贺年卡的落款姓名，我看了许多遍，甚至许多年，就是看不清。就算猜测，也猜不透摸不着。所以，这些贺年卡就像是朋友给我出的一道谜语，让我怎么猜都猜不出来。

我想这个给我寄贺年卡的人真傻，为什么要写得这么潦草，又不是在报销发票或者在重要文件上签字，弄个深沉摆摆文字架子。我没有时间和精力来研究这种文字之谜，所以只能等待某一天突然到来的悟性，悟出这个人的真面目，然后告诉他，你的潦草的文字，让我牵挂了许多年。

如果我们还是朋友，这一天，大约总是会来的。

在保存贺年卡的抽屉里，我又找到了一大堆有奖贺年卡，都是没有寄过的空白卡。不知从哪一年开始，单位都要通过邮政局去做一批有本单位特色的贺年卡。所谓有特色，就是这些有奖贺年卡上，印有与单位有关的照片和内容。

如果还像有奖贺年卡开始出现时那样，大家都会自愿掏钱去买，这种式样的有奖贺年卡就很难出现。我觉得，自从有了单位定制的贺年卡，这种时尚开始走向了堕落。

单位发放有奖贺年卡，毕竟不用花钱，开始还是有人喜欢的。一年又一年，久而久之，就没有多少意义了。

寄贺年卡是为了传递友情，可寄这种有奖贺年卡似乎在做广告。我越来越排斥这种发下来的有奖贺年卡，甚至于看到贺年卡上那种死板别扭的照片，就会难受和叹息。

最后，只要有这种有奖贺年卡发下来，我就扔进抽屉里，算是曾经给邮政局做过微薄的贡献吧。

爱狗也是爱生活

狗是我们人类的朋友，关于人和狗的故事很多。

有一部美国电影《忠犬八公的故事》，这是一个让人百感交集的故事，至少我看过后百感交集了。我相信，爱狗、爱动物的人看了都会有同感。

这部影片改编自日本一个真实的故事。一只名为八公的狗，它以前是一只流浪狗，后来被帕克教授收养了。八公每天都会将帕克教授送到家门口，还在傍晚的时候，到车站去迎接主人下班。突然有一天，帕克教授因心脏病猝死了，忠心耿耿的八公，依然每天到车站去等候主人的归来。这样一直等了整整十年，直到它最后死去。

接下来，我也来讲述一些有关狗的故事。当然，这都是以前的事了。

那年冬天，天寒地冻，我家养的"大白熊"胖胖生了一窝"小白熊"，一共有七只，五公两母。它们满月后，模样像雪白的面团，活泼可爱。

这种来自寒带的大型犬体型较大，公的体重在百斤以上，母的至少也有七八十斤。这一窝"小白熊"刚过满月，大的体重已超过八斤，小的也有六七斤。它们每天都在长大，走路不再摇摇晃晃，开始东奔西跑还经常打架。

小家伙们都有了细尖的牙齿，胖胖的奶头也被咬出了血。有时候，胖胖总是一面忍受着疼痛，一面哼哼着给它的孩子们喂奶，动物的母性之爱同样也感人。

以前，我也是反对养狗的，因为除了要有时间照顾它，狗还会换毛，不卫生。我女儿从小喜爱小动物，小猫小兔小鸟小乌龟什么的都养过。而且，胖胖之前，家里已经有一只京叭狗宠宠了。宠宠我们已经养了十年。十年前的春节，母女俩花五百块钱把它买回家。

当时，只有我蒙在鼓里，我女儿把小狗藏在一只鞋盒子里。当我发现时，已经"木已成舟"了。

这只叫作宠宠的小狗，和我们一起生活了十年，它确实也保卫过我们的家园。以前，我家住在城南，这是一幢单位的宿舍，共有二十户人家。那里没有物业，也没有防盗措施，隔三岔五有贼光顾。

有一天夜里，贼人撬开我家的对门，得手后余兴未尽，又动手撬我家的门。那时都是木门，外面只多了一扇纱门，弄开这种门很容易。就在贼人割破我家纱门后，宠宠发现了异常，突然狂吠不止。

京叭这种狗，个头虽然小，但叫起来又响又凶。夜深人静，狗叫声格外惊心动魄。我连忙开灯察看，贼人早就逃之夭夭。

当然，宠宠的麻烦也不少，除了每天要伺候它吃喝拉屎，最大的麻烦是家里不能一天没有人。在这十年间，只有一个"五一节"，我们全家去了一趟"广深珠"，把宠宠寄养在一个也养狗的同事家。第二天，我打电话问同事，宠宠怎么样？他吞吞吐吐地说，你家的宠宠咬伤了我老婆的手。从此，我们再也没有全家一起出过远门，只能分散行动各走各的。

胖胖要生产前，为便于照顾它，把它从底下的车棚弄到了楼顶的露台。以前，露台一直是宠宠的自由天地。我们在装修时，专门给宠宠造了一个狗窝。它基本上生活在露台，已经有好几年没有出过家门。

胖胖也来露台后，这一大一小两个同类很快产生了矛盾。先是宠宠不服气，经常寻衅滋事，结果胖胖只动了动前爪，宠宠的眼睛就被打出了血。

矛盾其实刚刚开始，更加血腥的危机在后面。

据说母狗在生产前的脾气会变得冲动易怒。那天，我快要去上班，突然听到一阵狗叫声，接着又听到我女儿的哭喊。我不知道上面发生了什么，但可以肯定与狗有关，而且一定是发生了狗咬狗或者狗咬人的事。

我急忙赶上楼去，看到露台上发生了触目惊心的一幕。我女儿抱着宠宠在哭，宠宠的脖子和嘴巴还在流血，露台地上和洗衣机的遮阳布上也都是血。

这个时候，宠宠已经奄奄一息，它嘴里的血还在往外流，大部分咽下去了，发出一种可怕的咕嘟声。宠宠无力地睁大双眼，从它微弱的眼神中，还是能看出它对生的强烈欲望。

宠宠是一只狗，但它也是有生命的活物。

宠宠和胖胖为争食吵了一场，这当然是一场力量悬殊的较量。宠宠可能意识到了危险，赶紧躲进了自己的小窝。可为时已晚，恼羞成怒的胖胖突然发起攻击，它伸进头去把宠宠咬出来，只一口就咬穿了宠宠的下颌。

流血的宠宠还在无力地挣扎，这确实是惨不忍睹的现实。一只叫作宠宠的小狗，我们毕竟养了它十年，它与我们共同生活十年，它已经到了安度晚年的年龄，想不到会命丧同类胖胖之口。

我女儿把宠宠放到车棚里，据说她离开时宠宠还在流血，估计死定了。想到我们和宠宠在一起的日子，心里有种说不出的悲伤。

下班后，我提着一颗忐忑不安的心，缓缓打开车棚的门。这扇平时非常不在意的门，现在似乎就是一只狗的生命之门。

我想到住在城南时的宠宠。那时，只要我下班关上车棚的门，五楼家里的宠宠就能听出是它主人回家了，它开始大声叫喊。当我打开家门，已经在等候的宠宠抱住我的小腿摇尾巴。都说狗是通人性的，我觉得这话有道理。

现在，流了很多血的宠宠真的要死了吗？

车棚的地上，有一块血迹斑斑的旧布，这是包扎宠宠伤口用过的。我听到一丝艰难的微不足道的响动，宠宠蜷缩在填着破棉衣的一只纸箱里，它睁不开眼睛，它叫不出声，它更没有力气走动。但它的尾巴在竭力地轻轻摇动，仿佛在努力证明一个现实，我还活着。

宠宠没有死，它真的活下来了。

一天又一天，宠宠在恢复中，它的眼睛能睁开了，接着能走动了，嘴巴也能单边嚼食物了。

宠宠的身体虽然大不如以前，但终究逃过了一劫。

如果是一个人，难以想象能在这种致命的伤痛中恢复过来。其实，在一种原始的状态下，动物的生存意志远比人类要顽强得多。所以，不管是怎样的一个生命，我们都要去珍惜和尊重它们。

我们收养一个生命，就要对这个生命负责。我是一个完美主义者，尽管这个世界上不可能有完美，完美只是一种梦想而已。

现在，再回过头来说说这个"凶手"。

胖胖咬伤宠宠后，不久就生产了。那天刚好来了冷空气，气温骤降，刮寒风下大雨，这对在露台上生产的胖胖来说，也是一次严峻的考验。我们做了充分准备，买了许多必备的东西，其中有不少是用于取暖保暖的。

胖胖没有拖到半夜生产，从午后开始就生了。它一个多小时生一只，一直到晚上十点多，生完了全部七只"小白熊"。那些刚刚诞生的小生命，被一只一只藏到了开着空调的房间里。生完孩子，胖胖累得精疲力竭，趴在地上不想动了。

第二天开始，这些"小白熊"回到了胖胖的怀抱。我女儿无微不至地照顾它们，每天半夜都要起来去看这些脆弱的生命。

人活在世上，最可怕的是没有爱心。不是说嘛，只要人人献出一点爱，世界就会变成美好的人间。以前，我反对养狗，但我的内心支持我女儿热爱生命和崇尚生命的观念。

做了妈妈的胖胖警惕性很高，时刻守护着它的孩子们，如果听到有什么陌生的声音，它就会狂躁不安地叫喊，摆出一种发动攻击的姿势。只有我女儿可以抱动"小白熊"，别人只能看不能动，而所有的陌生人一律不得出现，否则胖胖就要发疯，吓得许多想看"小白熊"的人都放弃了。

　　十多天以后，"小白熊"们睁开了眼睛，它们终于看到了它们的妈妈和这个世界。慢慢地，我也可以抱"小白熊"了，这些小家伙正在健康成长。它们开始能爬动，也学会了调皮捣乱。

　　最后，这些小家伙都会长大，都会离开它们的妈妈，也会离开我们这个家。在这个世界上，每养育一个生命，都是一份功德。

春波弄里的母校

传说，为了纪念陆游和唐婉，就把沈园附近的这条小巷叫作春波弄。春波弄是一条简朴自然的小巷，像一个江南女子，含蓄又文静。

我时常穿越这条小巷，有时是无意的，有时则是有意的。

许多时候，我走着走着，就会朝这条小巷走去，似乎有一种顽强的磁性，把我的身心像铁末一样吸过去。接着，记忆也活了，脑海里有了与现实不一样的春波弄。

20 世纪 70 年代，城市里的春波弄弥漫着一丝乡村的气息。从鲁迅路过春波桥头就是春波弄了，春波弄的西边有一块块不规则的菜地，一个起伏的土堆上也种着不同季节的蔬菜。清纯的阳光下，泥土透出粪便热烈的气味。如果是冬天，下雪了，能看到一小片精致的白茫茫。

一堵泥做的残缺的围墙，围着属于园子主人的喜爱，有青翠的竹子和嫩绿的树梢从泥墙上探出头来，告诉行人植物也向往外面精彩的世界。

飞鸟总是自由自在的，他们在园内园外飞来飞去，潇洒地做着欢乐的游戏。一群鸡或者几只鸭大摇大摆地游荡着，它们坦然地在行人之间穿梭。从不远处的老台门里，突然会冲出一条或者几条家狗，黄狗、黑狗、白狗，冲着路人狂吠，它们似乎正在捍卫自己主人对春波弄的主权。

春波弄的东边是长长的围墙，里面高高的水杉与围墙并行而立，阅尽了岁月的春夏秋冬。围墙里面就是我的母校——绍兴五中（现在它已经不存在了）。从1974年的秋天到1978年的夏天，我在这所学校里读完了初中和高中。那时，还是"学制要缩短，教育要革命"的时代，所以我的初中和高中各读了两年。

绍兴五中的前身是第三初级中学，也就是"三初"，后来办了高中。我初中毕业时，升高中的比例是百分之五十。除了成绩好，还考虑到其他方面的条件。我的成绩很一般，但我是"劳动积极分子"，也就是说平时"积肥"较多。只要学校有要求"积肥"，我就到鲁迅故居前的小河里捞水草，捞上来先扔到河埠头，等有一大堆了，才从河里爬起来，赶紧回家拿两只大竹篮，把滴着水的水草送往学校。

我被确定能读高中后，也没多少兴奋的感觉，因为读高中意味着父母要继续为我投入，我也看到许多同学自愿放弃读高中，选择参加工作走自食其力的路。我回家把自己能读高中的事说了，父母居然一致支持我继续读书。

那个时候，读高中竞争一点也不激烈，也可以说几乎没有竞争，学校也是就近自选。我读高中有两个学校可以选择，一个是绍兴二中（稽山中学），另一个就是母校绍兴五中。我没有多考虑，选择在五中读高中。

绍兴五中的前半部分是初中部，进校门就是一幢教学楼，这是一幢木结构的三层（或者是四层，记不清了）民国旧楼，楼梯、楼板和天花板等全是木质的，初中的教室都集中在这幢楼里。下课铃声一响，整幢楼都是踩踏木楼梯的声音，听起来有一种浩浩荡荡的气势。

高中部在学校后面朝北的位置，教学楼是新造不久的，高一年段好像在一幢两层的教学楼，到了高二则搬到了平屋的教室。一个年段只有四个班，全校一共也就八个高中班。因为还是在这个学校读书，所以感觉什么都没变，一切都是熟悉的，唯一的不同是班主任和任课老师变了。

从读初中开始，我每天来回要走四趟春波弄，总是感觉走厌了这条小巷。从老家那个地方步行到学校，不到二十分钟的路，但上学迟到的次数很多，走着走着想到要去叫某个同学或者到河边看看有没有鱼虾什么的，结果东游西荡的一折腾上课迟到了。

还有一次，无缘无故被春波弄里的一条大黄狗追了一程，吓得心惊肉跳，浑身冒冷汗。之后，有许多日子，不敢从鲁迅路转入春波弄了，而是提前从另一条小河边上的小路上绕过去，路程差不多。因为是沿河的石板小路，路况就要差些。现在想起来，那时越来越不想走春波弄的原因，其实就是贪玩不想读书。

我读初中的时候，高考还没有恢复，读书不用考试，学期结束只评个"优秀"或者"良好"就行了。

有一次，九月初开学，上午放学就去捉蟋蟀，因为没有准备，把刚发的一张奖状纸用来包蟋蟀了，完全没有一点荣誉意识。夏秋之际，天气还热，下午去上学的路上，突然想到要去河里玩耍一下，走到僻静处脱光衣裤跳进了水里。

读高中时，班主任一脸严肃地宣布，今年开始恢复高考了。这真是一个鼓舞人心的特大喜讯。

虽然高二奋力拼搏，只因基础太差劲，特别是化学，连分子式都搞不懂，每次考试只有二三十分。为突击学化学，把我的强项物理也扔到了一边，白天晚上都在捣鼓化学。功夫不负有心人，我高考的化学成绩居然有七十六分，可物理只考了三十六分。

1978年的秋天，十七岁的我和大多数同学一样成了高考"落榜生"，只好参加招工统一考试，开始了人生的新起点。

走进春波弄，遥想当年，数十年过去了，但许多记忆永驻在心里，这也算是一种不灭，或者叫作"情结"。

我们的老师曾经这样对我们说，某天他们碰到了某某届的学生，他们总是说，唉，现在想起来真后悔，后悔在学校的时候没有好好读书。

老师这么一说，我们就偷偷地笑，会有这种事？是老师为教育我们自己编出来的吧。后来我离开了学校，接着又参加了工作，慢慢懂得了要如何做人处事。想到老师曾经说的话，即使是老师自己编的，也是在鼓励我们要建功立业就要有文化有知识。

现在，春波弄两边都变了。曾经的菜地消失了，取而代之的是钢筋混凝土建筑，城市里不可能再留有菜地，因为每一寸土地都金贵，种菜是土地资源的浪费。即使留有空地，也不是用来种菜的，这些地方是种花草树木的，是城市的一种装饰和点缀。

我的母校也变了，围墙还是有的，不过是新的了。

绍兴五中并入了建功中学，这个时候的五中已经没有高中，整个学校的学生和教职工都搬到建功中学了。

据说为两校合并后的校名，很是争论了一番。最后定下来"绍兴第五中学"的名称不再用了，因为这种学校的名称只是一种数字概念，没有自身的特色。而建功中学虽然建校时间远比"五中"短，但陈建功先生的名气大，用"建功中学"之名也是一种必然，结果大有众望所归之意。

位于春波弄的"五中"旧址也进行了全面改建，大门不再开在局促的春波弄，而是开到了宽阔的延安路上。那幢木结构的旧式建筑拆掉了，还有我们读过高中的教室也没有了，还有那些原来的树木，估计也已经不复存在。

总之，原来"五中"的那些旧建筑都拆除了，取而代之的是整齐漂亮的新教学楼，校园环境焕然一新，展现在我们眼前的，完全是一个与时俱进的新校园。"塔山中心校"搬到这里来了。走进春波弄，我听得到孩子们的笑声，这种笑声从围墙里面飘出来，带着幸福和快乐，也带着少年不识愁的天真。

我们曾经也少年过，我们曾经也天真过，现在留给我们的只有记忆和怀念了。

怀念一条河

我怀念一条河，一条不知名的小河。

这是一条朴实而粗糙的小河，宽不过四五米，深不足两米。它从远处的一片绿色中流淌出来，平静地把一个叫作梅林的小村切成两半。

穿越村庄的这截小河只有百多米长，它笔直挺拔，宛如这个村庄的脊梁。河水是清澈的，鱼在悠闲地游动。小船一摇一摆划过来，桨声响过，河水轻轻荡漾，透出一种水乡朴素古典的魅力。

粉墙黛瓦的老屋，错落别致地排列在小河的两岸。流动的河水，穿梭的小船，默默的老屋，还有一座小小的石拱桥。

石拱桥的两端，延伸出两条隔河相望的纤纤石板小道。沧桑无边的石板小道，慈祥温柔地把小河拥在怀里。小河无言，小道无怨，石桥无声，它们寂寞宽大的胸怀，包容了岁月之中的许多失落和期望。

许多年以前，面对这条小小的河，我会觉得它是那么的宽阔，那么的让我其乐无穷。在放飞心灵的暑假里，我在这条小河里学游泳，在这条小河里捉小鱼小虾，或者趴在一条小木船上，感受着身子底下河水亲切的独白。

有一次，我差点被这条小河吞没了。那是一个酷暑的傍晚，一阵雷雨过后，河水陡涨，鱼儿纷纷浮上水面东张西望。我和几个小伙伴面对一河的水欢欣鼓舞了，有人问我，你会游泳吗？我从他的眼神中看出了对我的不信任，城里来的孩子一定不熟水性。

确实，我刚刚在学游泳，在离家不远的咸欢河，在鲁迅路边上的小河里，我用脚尖踮着河床学游泳，模样像一只残废的癞蛤蟆。如果要把整个身子浮起来游动，最多不过游二三米而已。尽管如此，我还是坚决地说，我会游的。没有人阻止我的勇敢，农村小伙伴先后跳入了小河，像鸭子一样轻松自如地在水里嬉戏。在这么清澈丰满的河水里玩耍，无疑是一种妙不可言的乐趣。

我在农村小伙伴的召唤下，一头扎进了河水里。身子很快沉了下去，这条小河的河床对我来说，深不可即。我开始挣扎了几下，想开口喊几声，河水立即欢快地涌入我的嘴里。我喝了几大口河水后，心里的慌张进一步加剧。

会有人来救我吗？似乎所有的人都消失了，连一点点的声音也听不到，只有一河的水紧紧拥抱着我。要游到岸边是不可能的，此时这条小河就是一条宽广汹涌的大河，我只有绝望地等待着破水而来的"救星"。

我的双手突然抓住了一样东西，而且这样东西正在慢慢把我往水面上提。我的脑袋终于摆脱了水面，一阵湿润的呵斥在河面响起，小鬼，不要命了，河水这么满。

一个叼着一支烟，表情严肃的男人，站在一条小船上，用一支木质的船桨把我从河里捞了上来。

如果不学会游泳，肯定不敢再下河了。

我一个人站在河边，望着水中跳动的鱼儿，抑或盯着一条渐渐远去的船影，饶有兴致地想，这些欢快的鱼儿会游向何方呢？这条小船上的人有救过我的那个人吗？这条小河会一直存在着吗？这些问题一直陪伴着我的童年，在岁月的长河中，小河或许会有变化，但记忆却是永远的。

梅林这个小村庄，地处绍兴县（现在撤县设绍兴市柯桥区）的西北角，与萧山的党山接壤。这个被小河穿越的小村庄，有着我无数难以忘怀的记忆。这里有我父母的爱情，有白发苍苍的外婆的人生轨迹，有朝气蓬勃的舅舅和姨妈的青春岁月，还有许许多多快乐和艰辛的回味。

梅林以前的交通很不方便，这里是一个信息闭塞的角落。从绍兴到梅林没有通车的公路，梅林人如果想坐汽车进城，得先从党山到萧山，再从萧山坐车到绍兴，这无疑是一条劳民伤财的线路。

所以，走水路是唯一的选择，那里有的是纵横交错的河流。当然，坐船是一个漫长而沉闷的过程，无聊、寂寞和孤独，或多或少会伴随在身边。

从绍兴轮船码头坐客船，需航行三四个小时才到党山，然后再步行三华里石板小道到达梅林。碰到逢年过节，轮船会变成一长溜船队，像老牛拉着一串破车，没有半天时间是到不了目的地的。

有时，梅林大队也会有人摇着船到城里来办事，这是一件欢天喜地的好事。相约几点几分在城北某个地方等，母亲带着我们早早赶去，往往要东寻西找一阵子，才能找到那几个母亲熟悉的乡下人，接着再由他们带我们去坐"便船"。

这种"便船"是手摇的非机动船，有时是木船，有时是水泥船，他们来城里的任务，多数是来买化肥、农药和农资的，也有载一船粪便的时候。"便船"全靠两个壮汉起劲地摇着两条大橹，大橹嘎吱嘎吱地响起来，船慢慢出了城，能看到两岸一大片的绿色。

摇船的人都精疲力竭了，"便船"终于摇进了梅林的小河，然后靠上离外婆家不远处的埠头。现在，月亮和星星都挂在了天上，小村的夜晚静谧空灵，这是另一种对水对河对船的感受。

小村也有喧哗热闹的时候，那是男婚女嫁的大喜日子。

某某家的儿子娶媳妇了，或者某某家的女儿出嫁了。喜庆的交通工具当然非船莫属，一长溜的船浩浩荡荡驶来了。一条接着一条，六条船首尾相连，敲锣打鼓，水上和岸上的人们一起欢欣鼓舞，这是独树一帜的迎亲队伍。

接亲的过程是这样的，小河两岸站满了看热闹的人，楼上的窗户也都打开了，探出一个个兴高采烈的脑袋。终于等来了迎亲的船队，人们开始兴奋了，仿佛不是梅林某某家在嫁女，像是整个梅林都在嫁女。

披红挂彩的船队缓缓驶进梅林的小河，突然之间鼓乐齐鸣，鞭炮声声，小村在欢快地跳动。船队终于停下来了，在震耳欲聋的锣鼓声里，喜气洋洋的人们，开始击鼓传花般地传递嫁妆。男女老少，一齐拥上前，人人都想带一份幸福回家。

在这种喜庆的时刻，一河的水也欢天喜地了。

鼓乐一阵接着一阵，把人们的兴奋推向高潮。鞭炮震天动地，河面上流动着红红的纸屑，还有热烈的气息。

船队载着新娘吹吹打打离去了，欢乐的响声终于远走高飞，小河两岸还有很多沉醉的人们不愿离去。几个年长的老人扳着手指在说，某某家的儿子几时要讨老婆了，某某家的女儿几时也要嫁人了。

如今船队迎亲已经成了一种记忆，公路已经修进了梅林，而且高速公路也穿越而过，从绍兴到梅林只需三四十分钟的车程。这条小河两岸的人家大多搬出去了，新居择路而建，有一种出门就四通八达的舒畅感觉。

许多老屋人去楼空，留下的也只有几个老人。石板小道上人迹稀少，成了一种沧桑的摆设。石拱桥改造成了结实的平桥，桥下无船过，桥上车轮滚动，热闹非凡。

小河寂寞衰老了，河里也难见鱼儿的影子，孤舟默默地横亘在小河里。几只小鸟轻快地在水面上飞来飞去，仿佛正在寻找传说中的水乡风光。

这种不知名的小河，在绍兴一定还有很多，它们是江南水乡的重要组成部分，是我们赖以生存的血脉。

梅林往事

时光像一阵风吹走了岁月，留下了许多陈年旧事。

有人说，怀旧是一种病态。我理解这种观点，因为这是年轻人的感觉，他们没有怀旧的资历，像早上八九点钟的太阳一样的人生，哪里来的"旧"呢，都是新鲜的。

外婆家在乡下，这是一个非常老套落俗的话题，但这个话题确实能温暖我们的生活，甚至于一生。我的外婆家是一个只通水路的僻静之地，没有大海沙滩，也没有城市的高楼大厦，却有小桥、流水、人家。

这里叫梅林，确切地说，叫后梅林，因为不远处靠近萧绍公路边上，还有一个叫作前梅林的地方。以前，梅林是一个大队，但不叫梅林大队，叫作朝阳公社红星大队。后来，公社和大队都退出了历史的舞台，这里又改回原来的名称，就叫梅林村了。

对于这个小村子，我有着非常深刻的印象。二十世纪六十年代末到七十年代初，这里成了我和弟弟们的乐园。

那时，我父亲正在被批斗，而且失去了工作，他的坎坷遭遇严重影响了我们一家人的生存环境。外婆家成了我们在这个世界上唯一的"避风港"，除了过年过节母亲都要回娘家拿点生活用品外，弟弟被送到了外婆家里，并在梅林上小学读书，我和小弟每年的暑假也基本上在梅林度过。

外公在我四五岁时就逝世了，他老人家新中国成立前后在大上海谋生，开过咸菜作坊挣辛苦钱，养育在乡下的一大帮儿女。因为外公在上海，后来我的大姨、二姨和四姨也都去了上海，她们离开了故土梅林，然后在大上海安家落户。据说，如果不是因为我母亲和父亲在梅林自由恋爱，我母亲也有可能去上海了。

外婆家其实也不大，只有一高一矮两间楼屋。外婆住在一间低矮的楼屋里，上面是堆积杂物的阁楼，前半间是个很小的客厅，后半间是外婆的房间。

比较正气的一间楼屋，下面前半间是个泥地客厅，后半间是灶间和楼梯，楼上是舅舅和痴呆的大舅舅的房间。

屋前有一块道地，当时的感觉非常宽畅。门口右边有一株葡萄树，再前边是一片小菜地。最远处的石砌围墙边上，是一个养猪的草棚。

我们去梅林都和外婆住在一起。

外婆的房间阴暗局促，一张老式大床，占去了房间的三分之二。在这张大床上，挤一挤能睡四五个人。农村经常要停电，有时候一星期要停三四天电。每天晚上，都要准备油灯或者蜡烛，这已经成了一种生活常识。

外婆和我母亲每次相聚总有说不完的话，两个人先是点着灯说，接着黑灯瞎火地继续说，等我睡了一觉醒来，她们还在悄悄地说。

后来，我能听懂外婆和我母亲谈话的一些内容了，她们说的除了一些家庭琐事和亲戚熟人之事外，谈话的主要内容还是关于我父亲的。

我父亲的遭遇不但影响了自己的家庭，也影响到了舅舅的前途。舅舅从学校出来后到公社工作，在他入党的问题上，因为有我父亲这样一个姐夫，被几次三番推迟了入党。确实，如果没有我父亲这个事，就是所谓的政治和历史上有"污点"，或许舅舅的政治前途会更加宽广。

当然，这不是我父亲的错，这是历史和我父亲、我们开了一个痛苦的玩笑。

现在，梅林的一切都发生了巨变，老屋基本没有了，留下的老屋也都东倒西歪，像一个孤独寂寞的老人。这里的交通已经今非昔比，杭甬高速公路就在不远处，车流日夜不断，厂房星罗棋布，和城市已经没有多少区别。

外婆曾经生活过的老屋，已经翻修一新。那一天，我站在这熟悉而亲切的地方，居然找不到曾经有过的贴心感觉。因为环境的陌生，我的目光陌生了，我的记忆也依稀了。

那条沿河的小道还在，不过不再是石板小道，成了一条水泥路。

小河的对面是一条宽一米多点的小弄堂，叫作"西波弄堂"（我没有看到过这条弄堂的文字，这是它的读音）。小弄堂两边房子的墙壁，都是用大块石板砌成的，看上去坚硬、整洁、古朴。这条弄堂是进出梅林的最大通道，去买菜、逛街、乘客船，都要穿过这条小弄堂。

早年去外婆家，从绍兴坐客船到党山，然后步行三华里，就到了西波弄堂。小弄堂又窄又短，我们一眼能望穿弄堂的那头，外婆十有八九会站在小河对面翘首期待我们。外婆满头银发身材小巧，她在我眼里，就是一棵岁月中的参天大树。

这条西波弄堂还在，不过弄的一头已经盖了许多新房子，都是村民的自建房。那天，我带了照相机，就想到小河对面去拍这条印象深刻的小弄堂。一直住在梅林的小姨看透了我的心思，笑着说，西波弄堂的墙面石板上，还有你爸爸写的大字呢，是"农业学大寨"。

如果我父亲写的字还在，应该有几十年的历史了。我父亲二十世纪五十年代末期"下放"到这里劳动改造，后来和我母亲相识相恋，冲破来自社会和家庭的种种阻力，自由恋爱后于六十年代初结婚。

我走进小弄堂，认真寻找我父亲写的字，从这一头走到那一头，再从那一头走到这一头，来来回回走了几遍。可是，墙面石板上没有字，连字迹的影子也没有。在风吹雨打的岁月里，墙面石板也在慢慢老去，它像一个布满皱纹的老人，正在等待寿终正寝的那一天。

我走到弄堂头，举起照相机把西波弄堂拍了下来，或许有一天它不再存在，它也会成为一个记忆。

还是关于这条西波弄堂的事。

从外婆家出来，绕着小河走到河对面，就是西波弄堂，其实就在对面，只隔着一条小河。穿过西波弄堂是一片田畈，田畈中间有一条窄窄的铺着石板的小路。弄堂口的田畈两边有几个坟头，是用泥垒起来的，看上去有些赤裸裸的感觉。

孩童时，最怕的就是鬼了。每当缠住大人吵闹时，我母亲或者外婆就会讲鬼故事，只要提到鬼事，就能把哭得地动山摇的我们震慑住。

其中一个鬼故事是这样说的，以前，西波弄堂口的坟地上经常闹鬼，每天夜里有人走过坟地，墓里就会伸出一条大腿，然后有声音传过来说，花脚胖搔搔。许多人都会吓个半死，还要惹一身的晦气，接着就会大病一场。

因为这个事，许多人宁愿多走路，也不愿在夜里走这条西波弄堂。后来，据说这个闹鬼的事，竟被一个木匠师傅破解了。那天深夜，一个半夜归来的木匠路过西波弄堂口的坟地，墓里又突然伸出一条大腿，有人在墓里喊，花脚胖搔搔。

碰到这种事，往往要把人吓得屁滚尿流。

偏偏这个木匠胆大不怕鬼，他居然走上去说，好吧，我来帮你搔痒。木匠边说边从工具箱中取出一把斧头，抡起来就砍了下去，还大喝一声，我来给你搔了！斧头落下去，这条花脚胖就砍下来了。有人听到一声惊心动魄的惨叫，鬼大约落荒而逃了。

从此以后，确实不再发生闹鬼的事了。不管这个事是真是假，当时我和弟妹们听了，都会变得老老实实，一到天黑，就主动往床上爬。

我想去看看这些坟墓，遗憾的是这些坟墓早没了影子，一排排新房子改变了环境，也改变了我的心境。我像一个迷路的人，东张西望，眼前是陌生的房子，陌生的人，仿佛这里是一个与我没有任何关系的地方。

难以想象，时光是那么的冷酷无情，它带走了我们生命中的岁月，也改变了我们生存的环境。

我在西波弄堂来回慢走多时，却没有碰到一个人，这里安静得有些过分，似乎和曾经的西波弄堂没有关联。这个世界，总是让人看不懂，而人也在越来越看不懂自己，这应该算是一种悲哀吧。

我把西波弄堂的照片给我父亲看，他的眼光闪亮了一下，然后说，还是老样子。我说，变化太大了，变得不像西波弄堂了，整个梅林都变了。

我父亲再看了看照片，然后无语。

接下来，我提到有关父亲写在西波弄堂上的文字，对此的记忆，他居然非常清晰，说，那是1958年写的，写的是"我们一定要解放台湾"。

父亲和母亲为这个事争论了一番，最后还是父亲的记忆正确，毕竟字是父亲写的。父亲又说，那个时代是写标语的时代，所有空白的墙面，都被要求写上政治口号。

我父亲是教师，也算是文化人，那里所有人都叫他"谢老师"。他的特长是能写大字写美术字，当时梅林所有的大字几乎都是我父亲写的。但是，现在找不到了，一个字也找不到。半个多世纪过去了，多少人和事都成了记忆中的往事，几个字又算得了什么呢。

远去的客船

绍兴是典型的江南水乡，河流纵横交错，细长绵延，犹如一张撒在大地上的巨网。无论在城里还是在乡村，总会有许多的河流在静静地流淌。它穿过城市的大街小巷，流入错落的村庄和绿色的田野。河多船自然也多，在许多乡村，几乎家家出门就是河，日常生活少不了要过桥或者坐船。

以前，绍兴的东北部主要以船为交通工具。城北桥两岸是城里最大的轮船码头，客船云集，汽笛声声。提着大包小包的乘客，来往穿梭不绝，一派水运繁荣的景象，那时的水上客运量每年都达到几百万人次。

我参加工作被分配到离城六十多里外的农村，别无选择地加入这支浩浩荡荡的坐船队伍中。

我是 1980 年 1 月 3 日去海涂工商所报到的，我的全部行李是一个铺盖，一只装着杂七杂八生活用品的网兜，里面还有一个搪瓷脸盆。那天，天寒地冻，北风吹得人瑟瑟发抖。我母亲送我到轮船码头，千嘱咐万叮咛，担忧我独自在外的生活起居。

面对现实，这是我唯一的选择。

元旦刚过春节将近的日子，坐客船的人特别多。客船离开码头，它在水中没有我想象的那样轻快，似乎是老牛拉着破车。客船拖了一长溜的拖船，喘着气浩浩荡荡驶向乡村。

船速比平常要慢很多，一路上又不断地停靠上下客，到终点站足足开了四个小时。第一次坐这种客船，给我的印象实在太沉闷太可怕了。

我工作的这个地方，还没有修通公路。不坐客船没有别的选择，我从此成了一个耐心的乘客。

那时，我每月来回坐两次客船，很多时候客船的单程要三四个小时。

经常坐这种客船，人的心境也变得沉闷无聊起来。这不是坐游船观赏景色，更不是坐着海轮出国留学，而是坐在人在旅途的客船上。

尽管如此，坐客船有一点是很可贵的，那就是无论是当官的，还是一身土气的农民，都得老老实实地在一起坐上几个小时的船。干部要紧密联系群众，或许在这种条件下最能充分体现。公路不通，也没有专车，与最底层的民众紧挨着坐在一处，听到的是来自民间的声音，这才称得上真正的深入实际。

坐客船很像坐茶楼，什么样的人都能碰到，什么样的话都能听到。高谈阔论的内容丰富多彩，从国家大事到家庭琐事，从国际形势到撤地建市，乃至于男女私事、婚姻大事，都成了客船上打发无聊时光的内容。

乘客中有面无表情只动嘴巴嗑瓜子的，有边哄孩子边打毛线的，有打着呼噜流口水的，真是一个应有尽有的小社会。明代张岱在《夜航船》一书的序言中曾说道："天下学问，惟夜航船中最难对付。"

我连续不断坐了几年客船，感觉到这话说得很客观实在。每次坐客船，都会遇到几个不甘寂寞的人。虽然在这些高谈阔论的人之中，不乏连"澹台灭明"和"尧舜"是一个人还是两个人都分不清的"士子"，但他们一路的热烈谈论，终究给沉闷的旅途带来了一丝乐趣，也多多少少听到了一些"最新消息"。

船舱是一个社会的缩影，也是一个公共场所，人与人在这小小的空间相处，有人表现了自我，也有人暴露了内心。

有一次，客船上来了个很顽皮淘气的男孩子，他似乎是第一次坐船，面对一船的陌生人，他显得十分兴奋。他和别人争窗口，他毫无顾忌地往别人身上爬，他不停地向别人问这问那。有人开始不高兴，有人开始用眼瞪他，也有人在悄悄说他没教养。小男孩似乎感觉到了旁人的讨厌，他趴在窗口上安静了一会儿。对于一个第一次坐船的孩子来说，不但窗外的景色使他感到兴奋和陶醉，而且坐客船一定也使他感受颇多。

妈妈，船为什么这么慢？男孩问一位正在和别人长谈家事的农村少妇。少妇头也不回地说，船的分量重，所以开得慢。

有人很清高地"哼"了一声，似乎对男孩母亲的回答感到可笑；有人则面无表情，似乎对此懒得关心。

男孩的脸上明显有了失望，他继续问，妈妈，这船能开到大海去吗？他的母亲突然提高了嗓门说，你烦不烦呀。

许多人对此都感到十分意外，我很想主动回答男孩的问题，只是一位中年男子先我回答了，这船当然能开到大海去。男孩立即有了兴致，不怕陌生地抱住那个人的大腿说，你说船是从哪里开到大海的？中年男子认真地说，你连这个都不知道，当然是从钱塘江出海的，这条河就能通往钱塘江。

钱塘江在什么地方？

在杭州。

杭州在什么地方？

绍兴的边上。

绍兴在什么地方？

这里就是绍兴呀。

他们有趣的对话，开始吸引了不少原本无动于衷的人。

男孩又固执地追问，船会沉到河里去吗？

许多人争先恐后地回答，不会沉，这么大的船怎么会沉呢！

那我家门口的河里，怎么有好几只沉船呢？

那位中年男子抢着说，那不是客船，那是农用水泥船。

小男孩突然提高了嗓门，大声说，你说谎，水泥船也是船！

人们都愣了愣，接着放声大笑起来，说这小孩子真聪明，差一点把我们给难住了。在笑声中，客船徐徐地靠上了岸。

水乡虽然美，但经济要发展，公路建设也相当重要。

有一次坐客船，我们从几个干部模样的人的交谈中，获悉了要修公路的信息。从此，这个话题越来越成为乘客关心和谈论的主题。

这条通往绍兴北部的公路，终于要动工修建了。

每次客船开近正在修路的工地，几乎所有的乘客都会站起来，伸长脖子眺望不远处的公路。焦急、兴奋和希望，毫无保留地显现在人们的脸上。在日复一日的议论和期待中，公路顺利通车了。

最后一次坐客船时，我真想和每个人都握手道别，无论是认识的，还是不认识的，我们或多或少在一起度过了许多寂寞无聊的坐船时光。

从此，我再也没有坐过客船，也很少到轮船码头去。坐客船的人越来越少，航运公司的客运业务量锐减。没过几年，许多客运航线纷纷停开，最后所有的客船都停运了。四通八达的公路，把大大小小的村庄都串了起来。

书　信

　　天空阴沉沉的，正在暗淡下来，然后，这个世界成了一个朦胧的深洞。

　　我在书房里发呆，在黑暗的书房里发呆。好像过了很久，我慢慢睁开眼来，眼前还是黑暗的，什么都没有。打开灯后，眼前明亮了，所有的书都鲜活起来。我在写字台前坐下来，做什么呢？看书，写小说，还是继续发呆？

　　还是发呆吧，我和书一起发呆。当然，我的内心是不想发呆的，因为要做的事很多，要么做点什么？做什么都行。

　　我开始动手拉开写字台的抽屉，这不是有意识的，这只是一种随意而已，就是想做点什么。

　　拉开第一只抽屉，看了看，感觉没看到什么，或者说抽屉里的东西被我的目光忽略了。

　　拉开第二只抽屉，又看了看，感觉还是没看到什么，此时此刻，或许我的眼光和思想正分离着。

还有最后一只抽屉，我有些犹豫起来，就是不想再拉开它了。就在我停顿下来时，仿佛有人在呼唤我，拉抽屉，拉抽屉。我好像笑了笑，笑自己，也在笑最后一只抽屉。

拉开这只抽屉，我确实看到了里面的东西，是一堆书信。在抽屉里，它们有些杂乱，像一堆怨声载道的垃圾。想不起来了，我忘却了抽屉里的这些书信。

以前，我确实和许多亲朋好友书信往来过，那是"手写时代"传递亲情、友情和爱情的通道，也是生活中曾经灿烂的美好。

后来，有了电话，有了手机，有了网络，生存环境也发生了天翻地覆的改变。书信似乎在生活中渐行渐远，以前留存下来的书信，也因为多次搬家或者整理书房损毁了。

现在，我发现书房的抽屉里居然还保存着这么多书信，心里竟然有些激动。

我把这堆杂乱的书信拿出来，认认真真地读起来。这些书信大多是一些文友的，是我和文友互赠书籍时的一些交流，内容主要涉及所赠的书籍、作者以创作过程。

2000年，我的第一本小说集《感受心灵》由人民日报出版社出版后，曾经和全国各地的数十位文友互赠过。之后几年，我和几个文友还保持着联系，如福建女作家冰洁，2002年她出版了中篇小说集《谁笑到最后》，也不忘寄赠给我。又如湖北作家李修平，2002年也给我寄来了厚厚的《李修平小说散文精选集》，他还连续几年寄贺年片给我，这是一种朴素而温暖的友情。这种交流，我们都是通过书信往来完成的，至今这些文友我一个也没有见过面。

这堆书信中有几封退稿信，最长的退稿信是《江南》

杂志社何胜利老师写的。当时我投了两个短篇小说，何老师的退稿信写了三大张纸，大约有两千多字。这种对作者认真负责的态度，让我至今难忘。

说到书信，看到这堆书信，我的遗憾也涌上心头，就是我没有保存下我父亲写给我的许多书信。

20世纪80年代初，我在偏远的海涂工作，每个月只能回家一次，休息四天。那个时候，写信成了我和父亲之间联系交流的唯一途径。那时，我父亲刚刚恢复公职，先是在教育局教研室工作。我和父亲每个月都有书信往来，很多时候，我父亲和我说的都是他恢复公职后的心情，字里行间流淌着喜悦和庆幸。我则向父亲诉说自己在海涂工作的迷茫和困惑，期待早日能调回城里，和父母弟妹们团聚。

大约两年后，我父亲突然被调到半山区的乡下工作，这是一所区中心校。那一年，我父亲已经快六十岁了，他担心母亲要去教育局评理，拿到"调令"后没有和我母亲说实话。直到要去乡下学校报到，我母亲才知道这件事。

据我父亲来信说，我母亲惊愕之后开始大吵大闹，而他则坚持了"打死我也不说话"的这个原则，终于把我母亲的满腹牢骚都稀释尽了。我父亲是一个厚道人，无论在家里还是在学校，他都会努力做到与世无争。

我父亲到乡下工作后，我和他见面的机会更少了，他也是一个月回一次家。生活往往是这样的，我回家，我父亲在学校；我父亲回家了，我却不能回家。这样，我和父亲的通信就多了，经常书信往来不断。

我每次回家，我母亲都要说我父亲几句，最后母亲会无可奈何地说，你爸爸太老实，所以被人欺负了一生。然后母亲又说，你爸爸和你都到乡下去了，这个家里老的老小的小，我怎么办？

那一年，我小弟初中毕业进了地质队，开始了他"走四方"的工作生涯。家里只有母亲、祖母、十多岁的妹妹和读高中的弟弟。

我父亲几次在来信中提到，想不到自己有生之年还能恢复公职和名誉，所以最苦最累也要好好工作，而且自己也干不了几年了。

事实上，我父亲在乡下学校确实没干几年。大约是1984年的夏天，一个台风来临的晚上，在学校值班的父亲，被狂风吹落的窗玻璃碎片刺中眼睛。最后，父亲的眼睛保住了，左眼的视力却废了。在这次事故中，受伤的我父亲应该是工伤，而且可以"评残"，但父亲说，算了吧，有公费医疗已经满足了。

我父亲是提前退休的，他回家后继续和我书信往来，直到我调回城里，我和父亲之间的书信往来才结束。在这段岁月中，我父亲寄给我的书信估计有上百封，可惜一封也没有保存下来，这是一件让我耿耿于怀的憾事。

我在海涂工作时，每次从家里回去，第一件事就是当晚给我父亲和朋友们写信，一封接一封地写，要写到夜深沉，写一大沓的信。第二天，赶紧跑到邮局寄出，然后每天都在期待有回信。

等邮差是一天中最向往的时光。一看到邮差进来，第一句话就是"有没有我的信"，一天又一天的期待都是美好。回信终于有了，有父亲的，有朋友的，有同学的。拿着回信，有时候真是百感交集，拆开来一遍一遍地读，那种感觉真好。

然后再回信，又寄出去，接着再开始等邮差。

在枯燥乏味的日子里，书信的往来成了一种期待和寄托。现在，这些书信这些刻着情感的文字，都消失在岁月之中了。

为什么会把这些书信都处理掉了呢？我想过几次，都没有结果。如果一定要说个结果，那么或许是因为以前还年轻也还无知，做出这种至今后悔的傻事。

最后，我把这堆书信收起来，用塑料袋包好放回抽屉里。虽然这些书信中没有我父亲的，也没有属于珍贵或者很有意义的书信，它们对别人来说一文不值。

然后，这些书信在我眼里，它们是一笔一画写在纸上的文字，是写给我的。就算没有用，我也要保存起来，保存一段美好的回忆。

捉蟋蟀

　　早晨，吟唱了一个晚上的秋虫，依然在不知疲倦地放声高歌。我不知道它们在黑暗的夜里，有没有停下来歇息过？

　　深秋马上来了，芳草行将凋萎，树叶也会变黄飘落。那么，秋虫们的生命也会在寒风中消失殆尽。这是一个垂死挣扎的季节，还是一曲吟唱生命的哀歌？这些大自然的深奥哲理，人或许不会知道，但秋虫们明明白白。

　　在众多吟唱的秋虫中，有一种秋虫的声音最熟悉，那就是蟋蟀。这种好斗的小虫子，几乎伴随了我整个童年和少年。现在，我查了字典才发现，蟋蟀居然"是一种有害的昆虫"。它真的是有害的吗？我觉得绝对不是，顽童的时候，为了捉蟋蟀斗蟋蟀，我们费尽心机。暑假里到处捉蟋蟀，不怕蜈蚣，不怕癞蛤蟆，也不怕蛇，一心一意地捉蟋蟀。

蟋蟀真要是有害的昆虫，我们从小捉蟋蟀就是在除害虫做好事。

那个时候，学校一放暑假，我祖母就紧张了，因为白天看管孩子的重任落到了她的肩上。夏天，大人们最担心孩子去玩水和捉蟋蟀。

城里都是小河，但小河也能淹死孩子，况且这种惨事每年夏天都会发生。祖母总是以她传统的方式教育我们，或者说用她的严厉口气吓唬我们。如果她发现我们要去河里玩了，马上会指着小园子里的一棵楝树说，楝花开戏水买棺材，楝花谢玩水玩到夜。

她这么说的时候，往往是初夏季节，天气虽然已经热起来了，但河水还是凉的。每当这种时候，我们总是摆出一副很听话的样子，然后再悄悄地化整为零溜出去。祖母发现时，我们已经像一只只小鸟飞得无影无踪。

一般午后时分是蟋蟀最懒洋洋的时候，叫声也变得十分温柔，这是捉蟋蟀的大好时光。可这个时候是午睡时光，而且还有奖励措施，午睡醒来每人能吃一支白糖棒冰。那么有什么办法既能溜出去捉蟋蟀，又能到时吃到白糖棒冰呢？

我和弟弟们商量后，决定还是采用"化整为零"的老办法。白天父母都去干活挣钱，只有耳朵背又患有青光眼的祖母在家。中饭后，我们先准备好关蟋蟀的东西，如火柴盒、玻璃瓶之类的，事先放到台门口的某个自己知道的角落，然后假装安安心心睡觉了。

在祖母朦胧的视野里，一、二、三，三个孩子整整齐齐都睡了。我们尽力一动不动，诱惑祖母放心大胆地也去午睡。一会儿，祖母终于坚持不住了，当她鼾声响起时，我们一个个暗自窃喜地爬起来，再一个一个地溜出去了。

当所有带去的东西都装满了蟋蟀后，我们连忙赶回家。弟弟们先在台门口等待，我装出若无其事的样子走进去。如果祖母醒了，问我们到哪里去了，我就说我们刚刚醒来，就在园子里玩；如果祖母还在睡，我则招呼弟弟们溜进来，把蟋蟀藏好，然后在老地方躺下。接着故意把祖母吵醒，让她清清楚楚明明白白地看到我们是刚刚醒来的。

当然骗得过耳眼不灵光的祖母，无论如何骗不过父亲。

一天傍晚，父亲回家后问我们，你们中午到哪里去晒太阳了？我们虽然心虚，但绝对不能交代真相。我们都说没有出去，我们在午睡。父亲的脸色难看了，他大声说，你们还想骗我是不是？你们自己看看，人都晒得这么黑了！我们相互看了看，果然发现自己都像“小黑人”了。

辩解已经没有用了，我们都保持沉默，低着头不出声。父亲开始发威，先在我的头上来了个“爆栗”，我忍痛继续沉默。弟弟们一看接下来就要收拾他们，立即惊天动地般哭喊起来，祖母和母亲及时赶到解救了我们。父亲骂了几句只好作罢，但把我们的蟋蟀都没收了。

“风头”上不能顶风作案，只是听到蟋蟀的叫声后手又痒痒起来。

这一天，台门里邻居门口的石板下，突然传来了雄壮的蟋蟀叫。我和弟弟去侦察了几次，一致认定这绝对是一只好斗的“大将”。问题是邻居家里有一个我们称她为“太太”的老婆婆，白天都坐在家门口的椅子上很少走动，这让我们根本没有机会下手。

怎么办呢？我和弟弟急得团团转。关键时刻，我想到了一个"调虎离山"计。那个时候，小城里的居民多数都养鸡鸭，而鸡窝鸭窝里的那些屎，经常有乡下来的人收去做肥料。每天都有人在台门口叫买鸡屎鸭屎的，而我们发现"太太"家的鸡窝已经满得臭气熏天了。

我和弟弟合计了一番开始行动。我埋伏在自己的家门口，弟弟则一脸认真地从台门口跑进来说，太太，太太买鸡屎的来了。太太听了惊喜地拿过拐杖站起来说，在哪里？

我弟弟马上指着台门外说，就在台门口。太太信以为真，慢慢朝台门口走去。我和弟弟急忙奔跑而入，两人奋力将太太家门口的大石板翻了起来，蟋蟀束手就擒。

我们将大石板随手扔下，捧着蟋蟀欢天喜地逃回家。进家门没多久，传来了太太老态龙钟的叫骂声。我们只当没听到，兴奋地摆开战场斗蟋蟀。

傍晚，父亲回来了，太太守在台门口，第一时间把状告了。父亲满脸是笑，先把太太家门口的大石板铺平，然后赔礼道歉，说自己没把三个捣蛋孩子教育好。接下来，父亲马上用实际行动教育我们，我和弟弟被打得鬼哭狼嚎。结果又是祖母站出来"解救"了我们，我们的皮肉才没有遭受更大的痛苦。

祖母专门和太太论理，说你这么大年纪了，连几个小孩子都不放过，以后就别吃素念佛了。太太郁闷得差点喘不过气来，以后她经常在别人面前说我祖母如何祖护孙子们。

那个事之后，母亲警告我们，你们不能再到太太家捉蟋蟀了。我们当然不会再去太太家捉蟋蟀，但蟋蟀还是要去捉的，这是我们暑假中的一大乐趣。

天气渐渐凉了，蟋蟀的叫声也有气无力了，可我们依然在寻找蟋蟀，直到它们都在寒冷中死去。

秋天过去了，冬天来了，春天很快会来的，当然有蟋蟀的夏天也不会太遥远。年年岁岁，岁岁年年，生命来的来去的去，蟋蟀如此，人生也如此。过好每一天，这是所有生命的最高境界！

老式电话机

关于这种老式电话机，我对它的印象比较深刻。在长篇小说《1983年的成长》中，我也写到了这种老式电话机。从时间概念上来看，其实也算不上老，这种又大又笨的摇动式磁性电话机，在20世纪80年代还混迹在我们的日常生活里。当然，主要是在农村。

许多年以前，我们都在向往一种"楼上楼下，电灯电话"的美好生活，特别是一根银线通世界的电话，它曾经是权力的象征和富有的标志。那时，城里还没有程控电话，至于家庭电话，对于普通老百姓来说，似乎是一个十分遥远的梦想。

20世纪80年代初，我参加工作来到农村时，单位里使用的还是那种老式磁性电话。用现在的眼光看，这种电话使用起来实在有些不可思议，除了接通麻烦，通话的质量也很差。

使用这种电话机的过程有些复杂烦琐，特别是往城里打电话。这种老式磁性电话与城里联系，必须先一手提起话筒用力按住电话机，另一只手则使劲地摇话机边上的那个黑摇柄，摇得越起劲似乎效果会越好。

接通所在地邮局的总机，赶紧告诉话务员城里的电话号码，然后再一字不错地报上本单位的电话付费账号和挂电话人的姓名。做了这一切还没有完，接下来就得老老实实地在电话机旁耐心等待。

如果运气好，这个挂出去的所谓长途电话过个十几分钟就能接通。当然这接过来的电话远没有如今这般清晰，双方说话的声音大多是时断时续的。接听这种电话必须捏着话筒大喊大叫，感觉像两个人在电话里吵架，否则这个电话是绝对打不圆满的。

许多时候，这种挂出去的电话，都会像断线的风筝有去无回。

有一次，我们单位的负责人要和城里的上级联系急事，他郑重其事地挂上电话后，接着像热锅上的蚂蚁围着这台黑溜溜的电话机转。他在耐心等待了半个多小时后，又急切地摇动话机上的那个黑摇柄。再次接通总机后，他态度粗暴地埋怨话务员，然后严肃认真地又重复了一遍要挂的长途电话号码。

结果，又等了好长时间，这个电话还是没接过来。负责人气得要发疯了，骂骂咧咧地要我坚守在电话机旁，他自己则直奔邮局评理发怒去了。

这实在难为了我这个从没接过电话的人，我望着这台又黑又笨的老式电话机，十分害怕它会响起来。我忐忑不安地守在电话机旁，就像守在一口棺材旁，仿佛铃声一响，死人就要爬起来了。我希望，它能坚持到负责人回来后再响。

似乎过了一个漫长的冬季，这电话机像春雷一样炸响了。

我惊慌失措地伸手去拿电话听筒，还未拿起来铃声却不响了。我以为是因为紧张产生了幻听，正在不知所措，负责人突然冲进来大声责问，你疯了呀，电话响了你为什么不接？

我红着脸无力地解释，我想等它多响几声再接。负责人听了肺都要气炸了，他指着我的鼻子说，啊——呀，有你这种工作态度吗，电话一响就得立即接，要不你就永远接不到这个重要的电话。

我出生在一个平民家庭，对电话机只停留在耳闻目睹的层面上，也就是说，从来没有接触过它。

考验还在继续，单位里的同事都要上城里去培训，只留下我一个人在值班，这意味着我必须与电话机有实质性的接触。我很怕电话机什么时候会响起来，它一响我就会心慌意乱。

一连几天，电话机都像一个困顿的人沉睡着，我绷着的心弦不知不觉松弛了。那天下午，盛夏的阳光烤得室外的植物都焦头烂额，我疲惫地流着汗在翻看一本杂志。那时，没有电脑没有电视也没有手机，看书看杂志是唯一安静的休闲。突然，桌子上的电话机大声惊叫起来，我发现那些聒噪的知了都安静了，只有电话铃声充斥在耳边。

当我感觉到不能不接时，它突然不响了。我正在疑惑，它又响了。我鼓起勇气提起了听筒，但光滑而沉重的听筒里没有一点声音。我喂喂了几声，它还是没有回音，只好慢慢搁下听筒。

还没等我想清楚，电话机又响了，这次仿佛响得更焦急，我用微微颤抖的手再次提听筒，可里面还是没有一点声音。难道真是我的幻听吗？不可能，响过两次了，每次都响得那么真实。就在我疑惑时，突然想到是不是拿倒了听筒。

我的心狂跳起来，仔细看了看，果然拿倒了听筒。我急忙掉头拿稳听筒，刚挨近小耳朵，里面立即传来我们负责人气急败坏的声音，喂——喂喂——你是怎么搞的，是拿工作开玩笑，还是存心和我过不去？

我结结巴巴地解释半天，听到负责人在一连串"啧啧"声之后，大声说，你——你骗人，你这么大了，你都参加工作了，你可以讨老婆做爹的人了，难道还不会接电话吗？我差点流下了眼泪，说，我说的都是真的，我参加工作之前从来没有摸过电话，我——我错了。负责人惊讶地说，真的？真有这种事，唉。他的语气中充满了对我的无奈和不解。

这时，我才真正体会到，电话真神奇，它不但能对话，还能在里面争吵。当然，我不敢和负责人争吵，但我经常听到负责人和电话里的人争吵。

负责人半天说不出话，这次我大胆说话了，我说，你不说话，我就挂掉。说到这里，我看了看手里的电话听筒，发现它是那么的敦厚实在。负责人说，我们明天回来了，你给我们蒸一盒饭，要满一点。

我笑了笑，大声说，好的，你放心吧。

小街老邻居

　　这是一条狭窄的小街，它属于新建南路的一小部分，与鲁迅路交叉。

　　小街的两边是挨家挨户的临街房，出门抬脚就能上路，一支竹竿可以轻而易举地把两边的房子连起来。

　　这里的房子原本有些古朴的特色，有些门和墙壁一律是用木板制成的，打开门卸下"排门板"，就有一种豁然开朗的效果。有些房子的"下半身"是矮墙，站立在矮墙之上的是整齐的"排门板"。或者，木门的两边有半堵矮墙，上面则各有一大扇木板窗。这种木板窗的遮光性很好，即使在白天，关上木板窗，屋子里便阴暗朦胧了。拉起这扇沉重的木板窗，把它挂在一只从房梁上挂下来的铁钩上，屋子里仿佛一下子光芒万丈了。

　　这条小街上的住户大多是世居，邻居间相处了几十年甚至于好几代。这里的男女老少，大家都熟稔于心，有的甚至对你祖辈的老事也能说得一清二楚。住在这种小街的老屋里，如果晚上说话声音大点，或者多打了几个响亮的喷嚏什么的，一概都能入左邻右舍的双耳。

如果哪家哪户有个"风吹草动"的家庭纠纷，天亮定能成为"头条新闻"。某家的女人晚上偷了汉子，而这"贼舅舅"又是个咳嗽不停的人；某家的男人晚上打了女人，扇起耳光来啪啪响。这些都是令人耳目一新的好话题，甚至于我祖母的念佛之声，居然也能成为别人揭发我家搞迷信活动的佐证。

我上小学时，校工宣队经常找我们这些有"污点"家庭的学生谈话，其中的一个内容是有没有检举揭发的人和事。我们虽然是小学生，但在工宣队眼里，我们都是从小坏的孩子。

有一次，工宣队领导对我说，某某揭发你奶奶在念佛搞迷信。我听了很紧张，结结巴巴一阵后，也揭发了这个某某躲在床上呼喊自己"某某万岁"。"万岁"能随便叫的吗？他某某能活到万岁吗？我觉得，他肯定要倒霉了。

现在，想起这件可怕甚至于恐慌的事，我的心头还会隐隐作痛，因为童心曾经被扭曲了。

那时，我家是这条小街上左邻右舍关注的"热点"之一。

某日，我父亲戴着白袖套在扫地；某日，我父亲在台上被批斗；某日，学校"工宣队"找我谈了话。这些事，马上就会家喻户晓，然后成为大家津津乐道的话题。左邻右舍总会这么说，这家人的事情真多，啧啧。

这些大事想要瞒是绝对瞒不住的，但某天我家的菜稍稍好了些，居然也会有人知道。关心我家的人就会议论纷纷，他们家这么穷，菜却吃得这么好，会不会在做贼呢？

于是，有一些邻居的眼光看起来便异样了。好在大多数邻居还是友善的，毕竟都是平民百姓，我家祖上也没有罪大恶极的坏人。所以，还是经常有好邻居借钱给我们渡难关。当然，借钱也得秘密进行，因为隔墙有耳，一不小心好事会变成坏事。对好邻居的感激，我们都默默藏在心里。

小街邻居对后辈们的前途十分关心，而对高中毕业的我找个什么样的工作更是热心。因为像我们这种人家的子女，在一些邻居眼里是不会有好单位的。

那天，有人突然听说我将被杭州的一家省属单位招去，便不断有人上门来证实这一消息。这事确实有过，只是我没被最后落用，因为在体检中眼睛近视我被淘汰了。

我们一家对此都懊丧不已，一些邻居便上门来安慰我和我们一家。他们把事情经过弄了个清清楚楚，然后才安安心心地回去议论了，说我们知道他们家是不会有这种运气的。最后我去了离城很远的乡下工作，我们一家和小街里的邻居们都十分平静，似乎这样的结果，对于我们来说才是恰如其分的。

我每月回家休息四天，来回都得坐三四个小时的轮船。也就是说，休息的四天中，有一天得在路上。我每次回家，总有一些进了国营企业，戴着新手表穿着毛衣的邻居朋友看望我。他们精神气爽，谈笑风生，而我这个"乡下人"不是默默无语，就是一脸的呵呵傻笑。

现在想来，这种生活没有什么不好，也谈不上有多少得失。它那么的平静、直白、简洁，这是一种比较纯粹的生活。

我在这条小街的平屋里出生成长，与那里形形色色的邻居密切相处整整二十年。二十世纪八十年代初，我家搬出那条小街时，那里的一切似乎还依然如故。小街本质上是寂寞的，还略带着一些沧桑，或者说是忧郁，只是那些老邻居们的内心不甘寂寞，他们期待着生活有一个翻天覆地的改变。

这种期待也从未远离过我们的家，无论离开这条小街，还是留在这条小街，生活都会大步流星地向前进。

我们搬离小街后，那里确实发生了变化。母亲路过小街回来说，某某家破墙开店了。接着不断有这种想不到的消息传来，某某家也破墙开店了，某某家的临街一间房子租给别人开店了。

没过多少年，这一段小街就成了商业街。沿街店面房的矮墙连同站立在它身上的"排门板"都拆除了，取而代之的是装饰的门面。一种叫作"旅游"的经济正在蓬勃兴起，它像一股突然吹进小街的狂风，把老旧的过去吹得七零八落。由于这条小街靠近"鲁迅故居"，它原本就叫"都昌坊口"，这无疑给老邻居们带来了无限的商机。

母亲经常路过那儿，我不知道她这是有意还是无意的。母亲每次回来都会感叹几声，然后说些碰到老邻居的种种事儿。譬如，某某家今非昔比了，还有某某家自己做老板，也有某某已经故世了。总之，小街上的老邻居都变得客客气气了。

母亲时常要感叹，如果我们还住在那儿，或许我们也开店了，至少也成了个收房租的房东，因为我们原本也有街面房子。当然，这都是坐下来说的闲话。过去了的毕竟过去了，再说如今的老邻居也不同于过去了。

纸糊天棚

譬如这个屋顶，想起来还是有话要说的。早年，我们一家祖孙三代，居住在两间半老屋里。那个地方旧称东昌坊口（也称都昌坊口），后来由于众所周知的原因，南北向的这条小路改称为"新建路"了。

我家老屋是祖传的，陈旧得近乎破败。二十世纪六十年代初，绍兴遭遇了一次大台风，据说城内受损严重。我家也有两间房子被台风摧毁，因为没有经济实力再造房子，之后这里就成了一个小园子。现在，这个家只剩下两间正屋一间披屋。

正屋是这样分配的，相对好些的一间，铺着不整齐的地板。以前的地板质地比较好，又厚又长，一看就知道是好板料。后来由于生存所迫，家里好卖的都卖光了，最后想到了卖地板，就撬起来卖掉了。父亲弄来一堆零碎的木板，拼拼凑凑又铺上了地板，也算是一种创新吧。

这间正屋被隔成两半，前半部分小一些，是客厅。一张小方桌，四条木长凳，还有一张祖父开过理发店留下来的长条桌。后半部分是房间，有一只硕大的被柜、两只矮橱、四只木箱和三张床，父母和妹妹睡一张大床，两个弟弟睡一张小床，我睡的床是一条一人多长的大木凳。

另一间正屋则被隔成三部分，这是一间只有一个天窗的屋子，昏暗阴沉，地面是黑硬的泥地，而且凹凸不平。天下大雨，这间屋子每次都会渗漏雨水。这种时候，家里的脸盆水桶汤碗等等的器皿，会统统调集到接漏现场。

屋子前面放着祖母的寿材，这个漆黑的东西在我们的童年留下了深刻印象。中间是祖母的房间，床前有一块粗糙的木踏板。后面是一个鸡窝，家里每年都要养几只鸡，为的是过年在吃食上有个热闹。

那半间披屋比正屋要低一点，它是一个纯粹的灶间，有一个煤球炉，有一个烧柴的大炉，有一张堆满瓶瓶罐罐的长桌，还有堆放着的木柴、煤球和杂物。

即使正屋也是简陋的平屋，屋顶是焦黄色的竹垫，经常有尘粒穿过瓦片不慌不忙地飞落下来。如果是刮风的日子，那些尘粒就变得更加的欢蹦乱跳。有许多还挂在木椽子上，成了一缕缕的倒挂尘埃，时常在风中翩翩起舞。

有一年秋天，父亲终于采取了改造措施，他说要弄个报纸糊成的天棚，把那些尘埃阻挡在天棚之内，让我们的房间变得清洁温暖。

父亲说到做到，他去买了一卷细铅丝，花了三四个晚上，用一把老虎钳编织了一张铅丝网。接着，父亲又抱来一大堆旧报纸。那个时候，我们的生活虽然穷困潦倒，但父亲每年都要订阅报纸。当时，绍兴还没有报纸，父亲订的是《杭州日报》，只有小开的四版。

父亲把这些报纸先糊成稍大的一张，然后把它们一张一张地摊在地上。感觉差不多了，就搬来三条长凳叠成"品"字形。

父亲脖子上挂着一只盛着"糨糊"的小铁桶，这种"糨糊"其实就是用面粉做的，还冒着细软的热气。父亲头上戴一顶旧军帽，穿一件破旧的衣服，一手拿一把刷子，一手拎一块破抹布，模样像一个演杂技的小丑。

父亲小心翼翼地爬到叠起来的长凳上，说，老大，快递一张糊好的报纸上来。我和弟弟们正好奇地仰望着罩在铅丝网中的父亲，听他一喊，三个人都去拿地上摊着的报纸。父亲的声音从上面冲下来，有一种威严的气势，你们别动，叫老大拿起来。弟弟们马上愣着不动了，我感到了做老大的自豪。

其实，做长子也不是那么好做的，长子除了要有责任心，有时还要冒点风险。我弯腰一把拎起一张报纸的角，这张摊在地上原本很有精神的报纸，在我手里居然立即柔弱无骨了。

我正在迷茫中，父亲手中的刷子已经打在我的头上，怎么搞的，用两只手。我急忙用另一只手再拎住一角，但还是有两只角倒挂在下面。弟弟们不顾父亲的威严，一人提起一角，这张报纸被我们三个人举过了头顶。

父亲没有再说什么，他接过报纸，然后艰难地把它送进了铅丝网里面。我们一张一张地把报纸举起来，父亲一张一张地把它们送进铅丝网里。等整个铅丝网上都铺满了报纸，父亲用刷子和糨糊把它们粘连成了一个整体。最后，一个整洁新鲜的天棚诞生了。

这个晚上，我们第一次感觉到这个房间的温暖和安全。

有了这个天棚，即使外面刮大风，再也没有尘粒飞下来了。黑暗中，我们听到风的呼叫声，也听到尘粒飞落到报纸上的窸窣声，但我们没有了害怕。冬天来了，北风一阵紧似一阵，头顶上的报纸开始像波浪一样跳动起伏。

有一天夜里，突然天棚上面传来走动的声音。我和弟弟们吓得不敢爬起来撒尿，时间一长，我们才知道天棚上面已经成了老鼠们温暖的窝。老鼠们白天睡觉，晚上出来嬉戏玩耍，还把动作搞得很热闹畅快。

父亲的床边多了一支细长的竹竿，夜里老鼠出来热闹，父亲就在黑暗中边骂边用竹竿拍打天棚，弄得我们心惊肉跳。老鼠的热闹还是小事，不久，我们发现天棚上的报纸有了变化，有些地方被老鼠咬出了一个个小洞，而有些地方则成了老鼠拉屎撒尿的好地方。

我们的房间开始弥漫出一股臭气，并在慢慢地浓烈起来。父亲很气愤，可没有好办法整治这些老鼠。

年底将近时，父亲说要把这个天棚拆掉，再重新弄一个。这一次，父亲说是这么说，但没有像上次那样马上动手，我们期待父亲做一个新天棚。那个时候，父亲还没有"平反"落实政策，每天在做挖土方拉水泥的体力活，劳累一天回家就不想再动弹，但童年的我们是体味不到这些滋味的。

老鼠们越来越猖狂，它们把天棚当成了战场。黑暗中，老鼠们经常有激烈的打斗，上演一场场争权夺利的大戏。父亲拿起竹竿的拍打声，丝毫动摇不了老鼠们的斗志。正在这个时候，又传来祖母恐怖的叫喊声，父亲在黑暗中翻身下床，穿着短裤睡衣，捏着竹竿急奔而去，嘴里大声喊打。总之，场面惊心动魄。

祖母突然的大声喊叫，是因为她听到了鸡的惨叫，黄鼠狼来叼鸡了。父亲火速赶到，鸡已经一死一伤。我们躲在被窝中惊魂未定，突然又听到一阵报纸的破裂声，接着传出老鼠的惨叫，地板上响起一声沉闷的重击。

母亲拉亮电灯惊叫，啊，掉下这么大的一只老鼠呀。父亲马上又赶过来，跌昏了头的老鼠立即跳起来逃跑了。父亲望着支离破碎的天棚说，老鼠真可恶，明天一定要拆了天棚，捣了它们的窝！

第二天晚上，父亲真拆掉了旧天棚，里面有许多破纸团破棉花之类的东西，但没有发现一只老鼠，它们都安全转移了。

父亲花了好几个晚上，把这个报纸天棚重新做好。与前次不同的是，现在的天棚是双层报纸做的，上下两层，铅丝网被糊在了中间。这个天棚看上去更加厚实安全，风吹不动了，老鼠也进不来了，因为父亲把天棚内的几个墙洞堵死了。

从此，这个天棚一直安静地陪伴着我们，直到我们从老屋搬走。

书、声音和可扬

认识可扬是从认识他的声音开始的。认识可扬的声音，是因为他是电台的播音员，他的声音圆润厚重，能愉悦耳朵撼动心灵。

算起来，我认识可扬的时间不算太长，当然也不能说太短，作为朋友或者说都喜欢书的文友我们交往大约有十多年了。

可扬第一次和阿卡、李青来我家的情景至今历历在目，他们几个都是爱书的人，来我家就是来看我的藏书。那个时候，我还住在城南，其实书也不算多，他们的藏书都比我要多。

那是一个晚上，下着大雨，他们是骑自行车来的，尽管穿着雨衣，但脸和裤子都湿了。我在母亲家里吃晚饭，等我赶回家时，他们三个站在黑暗的楼道里，正在高谈阔论一些与书有关的话题。

因为书，我和可扬成了好朋友。我们经常会在书店里遇见，书店似乎是我们早就预约的场所。我生来寡言，又说不好国语，和说标准国语的可扬交谈总是结结巴巴的，好像在和一个外国人说话。

可扬很有耐心，也善于倾听，这样我们在书店里聊天，也就成了一种畅谈。我们聊的内容都与书有关，这种时候感觉时间像长了翅膀。有几次，可扬会突然记起来说，哟，我要接我儿子去了。接着，他跨上自行车匆匆而去，留下的背影里，我能看到一个男人心里深深的父爱。

有一次，可扬和阿卡坐在我的书房里，突然聊到可扬为我的文章配音的事。书桌上刚好有一本收到的文学杂志，里面有我的一篇小说，可扬翻开来认真地读了几句。这种声音那么的有磁性，我和阿卡听了都说感觉好，这是一种文字和声音的结合，有种妙不可言的美感。

可扬主动提出要为我的中篇小说集《纪念记忆》的序配音，可以说，这是我的心愿。我知道可扬很忙，他有许多事要做，而配音又是一件费精力花时间的事。

这篇序是我父亲2005年写的，那年他老人家八十一岁，尚能读报看书，也能缓慢地写些文字。可扬说，他很欣赏这篇序的文字，所以他花了整整三个小时，从傍晚四点一直忙碌到晚上七点，没顾得上吃饭，非常投入地为这篇序配了音和乐。

我听到过可扬朗诵的诗歌，也听过他主持的音乐节目，但以这种形式听他的声音还是第一次。

配音完成后，可扬请我和其他几位朋友去他的家里欣赏。

这一天，我有事晚到了，进门先欣赏可扬的新居。在我眼里，房子的装修都没有多少区别，外观的好与不好，无非就是花了多少的钱，用了多少的好材料，或者有名的品牌多不多。对这些东西我都不感兴趣，这只说明你们家是有钱的，或者你们是一个舍得在装修上花钱的家庭。

　　我感兴趣的是书房和书，可扬的书都在客厅里，一个大客厅只有面对面的两大排书架，以及两个沙发和一只藤面圆形茶几。这种简洁明快的设计，给人一种宁静安逸的读书环境。

　　书当然是一大"亮点"，别人的感觉是另外一回事，我的感觉是面对这些书非常的亲切，它们也是我的朋友。

　　我们坐在餐厅里，桌子上有一套茶具。可扬为我们泡了一壶"铁观音"，然后一杯杯倒满，一缕清香慢慢散开，流动在空气里，似乎为这次相聚增添了友情的气氛。

　　接下来，可扬把我带到一个小房间，这里原本是一个小书房，可扬把它设计成了一个欣赏音乐的空间。房间里有一套音响，还有一把不大的没有扶手的椅子，其他就是空间了，这是一个比较纯粹的音乐世界。

　　可扬开始放他配音配乐的片子，先是响起音乐声，据可扬介绍，配音取自于美国电影《勇敢的心》和《燃情时代》中的音乐。接着是一个非常沉稳的男声从音乐中分流出来：

　　对于我这个81岁的耄耋老人来说，读书写作已经成了一件力不从心的憾事。尽管如此，我还是用方儿给我买的放大镜，努力读完了这部书稿……

这篇序我不知读过多少遍，每次阅读都是那么的亲切，仿佛父亲就在我身边说话。但这次可扬用配音和配乐的形式，让我感受到了文字以外的亲切，有一种用声音和音乐还原文字的感染力，声音渗透在文字浓浓的情感之中。

可扬说，他读到"光阴似箭、日月如梭"，感觉太好了，简直就是从舌头里流出来的，自然得不再有任何的杂念。

我坐在这间屋子里唯一的一把椅子上，思绪随着变成声音的文字还有优雅的音乐跳跃，确实太有感觉了。有几段声音犹如触景生情，尽管我微微闭目倾听，但我的眼前都是曾经的画面：

我不是作家，也不是评论家，更不是什么名人，但我是方儿的父亲，这足够让我这个老头子在这里说三道四了。我曾经从教四十余年……

这种声音更像是一首撼人心肺的歌，飘飘然进了我的心灵深处，那些沉积于流逝岁月中的情感复活了。鼻子酸了酸，我努力控制住这种特殊的感召。

我不知道可扬对这个配音是否满意，但我听了非常有真情实感，这是文字、声音和音乐的融合，也是思想、意念和意境的结合。

后来，我把可扬配音的这篇序放给我父亲听，当时父亲已经老弱躺在床上了。听说是我的朋友给他写的序配了音，父亲惊喜地说，我要坐起来，拉我。父亲坐在床上听可扬的声音，他神情专注，或许思绪万千。

可扬的声音结束了，父亲还在静静地沉思。最后，父亲说，谢谢你这个朋友，让我的文字有了声音。

以可扬这次为我父亲这篇序配音的话题为发端，朋友们提议要策划一本综合友人聪明才智的书，这本书由文字、图片、版画、绘画以及配音配乐的光盘组成，以纪念我们在岁月中的那些"记忆"。

现在，这个事终于有了结果，可扬准备出一本类似于这种形式的书，为了表达一个老朋友的诚意，我也加入这件非常有意义的事中。

只要有真诚，友情可以飞扬，心灵也会飞扬。

附：

中篇小说集《纪念记忆》序

谢 翔

对于我这个81岁的耄耋老人来说，读书写作已经成了一件力不从心的憾事。尽管如此，我还是用方儿给我买的放大镜，努力读完了这部书稿，并一字一句地写下了这些文字。记得读方儿第一部小说集和第一部散文集时，我也是用这只放大镜的。那个时候，我的视力虽然也不行了，可精力尚可，读起来还称得上轻松自如。这仿佛就是昨天的一幕，却已经过去了整整五年。

光阴似箭，日月如梭，岁月在我们的酸甜苦辣中漠然地流逝了。在这过去的五年中，方儿的业余时间几乎被书籍和笔杆吸尽了。他每次来看望我时，基本上是从书店出来的，手里总是拎着一袋子沉甸甸的书。如果有一段时间只接到他的电话，不见了他的人影，这大多是因为创作而闭门不出了。读书写作是一件辛苦又痛苦的事，没有亲身经历过是体味不到的。许多年来，方儿坚定地选择了这条不再被人看重看好的路，默默无闻地用心读书写作。虽然成不了大器，也没有实惠的现实利益，但对人生却是一大慰藉。

收集在这部书稿里的中篇小说，其中有5部在杂志上发表过的，所以我以前或多或少读到过一些。这次有机会重新认真阅读一遍，感到了另一种的愉快和亲切，似乎见到了多年未见的老友。我一直默默关注着方儿的创作，他所发表的一些文字，只要能看到的，我都会认真去读，并把它们收藏起来。我的感觉是，生活给了他创作的源泉，超脱给了他深邃的思想，淡泊给了他勤奋的精神。

方儿人到中年，小说也更加成熟厚实，看似平静平淡，细读却是意味深长。这无疑与他的人生经历密不可分，从某种意义上说，他在用小说这种精神的形式，诠释着生活生存的某种状态和过程。方儿出生在城市的一个平民家庭，他是长子，有三个弟妹，可以说从小就尝到生活的困苦和生存的艰难。他在读高中时，就在暑假的酷热中打工了。方儿从小勤奋好学，那时他宁可少吃少穿，也要节约几角钱去买书。这种生活，造就了他坦然面对坎坷曲折的性格，也让他感悟生活、人生和社会更加冷静深刻。

我不是作家，也不是评论家，更不是什么名人，但我是方儿的父亲，这足够让我这个老头在这里说三道四了。

我曾经从教四十余年，在"文革"中受到了许多冤屈，直到二十世纪八十年代初，才得以"平反昭雪"。我饱经风霜的人生经历，无疑影响了方儿的人生和命运，好在过去的已经永远过去了。我对子女的要求不高，不求他们功名成就，只求他们身心健康地生活着，这也是我的人生追求。

　　是为序。

2005年深秋记于唐家弄家中

赠书二三事

赠书是文友之间交往的一种形式。

赠书可以赠自己写的书，也可以赠自己喜欢的书。我爱书数十年，虽然谈不上有藏书的境界，但积书也数以千计，立于书架之上，初现浩浩荡荡的气势，能博得非同类一笑。

在这些书籍之中，不乏文友所赠的书。每本赠书都会有一个蕴含着友情的故事，想起来是如此的温暖难忘。

书友淡笋和我相交二十多年，君子之交淡如水，以赠书为快事乐事。他经常赠送我一些彼此喜欢的书籍，其中有一册是钟叔河先生所著的《笼中鸟集》（青岛出版社2009年7月第一版）。该书布面精装，装帧淡雅大气，扉页上有钟叔河先生的签名，还盖有"念楼"之章。

《笼中鸟集》共有文章近百篇，选收自钟叔河先生"遇事抒情"和"借题发挥"的随笔。钟叔河先生在《笼中鸟集》的《小序》中说，"遇事抒情"和"借题发挥"，则是"文化大革命"中加给我的罪名，三十多年后用在这里，似乎也还合适。话语之中似乎释放着一种幽默，但读起来却是如此的辛酸和沉重。

读《笼中鸟集》，感觉清新悦目，仿佛耳闻目睹一个大师谈笑风生，竟有些爱不释手。每次坐到书房，总要先翻几页《笼中鸟集》，开启阅读前的感觉。

喜欢读钟叔河先生的书有些年头了，淡笋送我这本《笼中鸟集》后，我就在书架上找钟叔河先生的书。结果找到了两种钟叔河先生编著的书，一种是钟叔河先生编的《知堂书话》上下册（岳麓书社1986年4月第一版）和《知堂序跋》（岳麓书社1987年2月第一版），这三本书都是周作人先生所著，沉甸甸的，像三块砖头。这几本书如此厚重是有原因的，钟叔河先生在《知堂书话》序中说："在我所读过的书评书话中，我认为周作人写的文章可算是达到了上乘的标准。今从其一生所著三十几部文集中，把以书为题的文章收集起来，编成这部《知堂书话》。"

可想而知，从周作人先生所著的三十几部文集中，把以书为题的文章编成这部只有上下两册的《知堂书话》，其分量肯定不一般了。而《知堂序跋》共收文章二百二十三篇，书厚达六百多页。这三本书一直放在我书架的显著位置，二十多年来已经读过许多次，只是我的记忆力逐年下降，精力不再充沛，现在读过忘记，只能忘记再读，如此反反复复，光阴就变得更加匆匆。

在书架上找到的另一种钟叔河先生的著作，是"走向世界丛书叙论集"《从东方到西方》（岳麓书社2002年8月第一版），这本书的装帧挺优雅，内有很多书影和照片，图文并茂，赏心悦目，唯一的不足是硬皮精装，手感有点生硬。《从东方到西方》这本书的扉页上我写着一行小字，"2002年深秋，购于三叶书店。"

三叶书店以前位于绍兴文理学院门口，当时读一些书的人都知道绍兴有这家书店。以前，我经常去这家书店淘自己喜欢的书，而且确实也买了不少，有《南明史》《晚明史》《宋论》《唐代科举和文学》《中国科举史》《鲁迅辑录古籍丛编》，当然还有很多，不能一一记起具体的书名了。

后来去的次数逐渐减少，因为书价不断上涨，特别像中华书局、商务印书馆、上海古籍出版社等几家大牌出版社的书，书价越来越令人望而生畏。相对来说，岳麓书社的书价低一点，但这本2002年买的《从东方到西方》也要三十八元。

书价暴涨，至少是涨得快，我觉得已经成了读书人的心头之痛。当然，这种痛只属于少数人的痛，属于少数人的痛涉及不了社会的痛，而且越来越多的人已经选择了不再读书。

另外一册赠书是福建袁宝明的散文集《情不自禁》（漓江出版社2010年1月第一版），这本散文集收录了袁宝明多年积累下来的一些文字，共收入散文四十二篇。袁宝明爱好文学创作也有二十多年，成绩颇丰，2007年出版过一部二十五万字的传记文学集《都是好汉》。

与袁宝明相识于1993年的夏天，那年的暑期，我们一起参加了浙江大学中文系办的文艺骨干培训班。他现在是福州一家杂志社的总编，也混了一个不小的文官。

当时，在袁宝明的博客上看到《情不自禁》要出版了，就发了个纸条请他书出版后送我一本。袁宝明当即答应赠书给我，还说书中有关于浙大培训班的文章。这样我就更加期待了，毕竟对那次培训的记忆是深刻的。

袁宝明的《情不自禁》中，有两篇文章是关于培训班的。一篇是《将去绍兴》，说培训期间安排学员去绍兴，因为接送的车子在半路坏了，结果让这次去绍兴的活动成了梦想。另一篇是《按图索骥》，提到了培训班的一些学员，其中对我的描写是：谢方儿来自绍兴，印象中戴着眼镜，精瘦，不时读到他的随笔和小说，很勤奋，很热情。

除了喜欢《情不自禁》一书中情真意切的文字，还喜欢这本书轻松活泼的装帧。我读《情不自禁》时，经常会想到，以后我有机会出散文随笔集，也考虑设计成这样。同类之人，想到一起的自然就会多一些。

隔离斋

古人云，人生识字忧患始。这话说得千真万确，别的不说，就说因为识了字，买了书，有了自己的思想，为此带来了许多的忧愁。

书房是书籍的归宿，更是一个精神的广阔天地。有一个宽敞明亮的书房，这是读书人的愿望。当然，实现这个愿望，是一件非常不容易的事。读书爱书一生，或许也圆满不了有一个满意的书房。特别是普通人家，本来经济就不宽裕，首先要解决衣食住行，还要培养孩子孝敬父母，买书就成了一种负担。有一个像模像样的书房，这是名副其实的奢侈。

大约1982年的冬天，我家的老屋被莫名其妙拆迁了，然后分到两套公房。一套号称大套，建筑面积五十八平方米，三室一厅一厨一卫；另一套小套，建筑面积不到三十平方米，一室一厅一厨一卫。当时，能住有抽水马桶这种新公房的人家很少，所以我一家老小三代，对私房一夜间成了公房的现实没有丝毫异议。

这个小套后来成了我的婚房，祖母、父母和弟妹六个人都挤进了那套所谓的大套里。虽然大套小套都觉得拥挤，但我们对此心满意足。

装修新房时，我大约有二三百册书，估计能装满一个书架。除了十二平方米的房间，客厅只有七八个平方米，那种逼仄可想而知。

20世纪90年代初，单位开始分房，通过报名、审查、实地调查和领导讨论决定，我分到一套单位产权的公房。这套房子有二室一厅一厨一卫，但建筑面积也只有三十七平方米。那时，我女儿已经上幼儿园，八平方米的小房间理应给我女儿。我的两书架书，一半放在小房间，一半放在大房间，它们像一对两地分居的夫妻。

五年以后，我家搬到了郊外，路虽然远一点，但房子换大了，建筑面积有近七十平方米，二室一厅一厨一卫，也是单位的房子。从一室一厅的住房，到二室一厅的住房，十多年来，我搬家三次，面积越换越大。

当时，我的书已经有二三千册，堆在地上浩浩荡荡。这些书都是我一本一本买回家的，它们虽然没有说话，但它们一直和我在一起，和我的心灵在一起。如果不给这些书有个安身立命的地方，于心何忍。

经过艰苦的思想斗争，决定打破新房的设计格局，把十八平方米的客厅一分为二，用书架隔出一个狭窄简陋的小书房。

这个书房是我第一个独立的书房，感觉舒适宁静，读书写作有了一个归宿。

书房的问题应该说解决了，不久又有了另外的想法，就是给书房取个名。给书房取名确实有难度，因为自己见不多识也不广，万一冥思苦想出来的名字，一不留神与哪个名家大师的书斋同名，那真是莫大的罪过。

有一天，在书房中读书，忽然来了思路，我的这个小书房应该叫作"隔离斋"。可以说，起这个书斋名与别人重复的可能性很小。更主要的是，用"隔离"两字命名这隔出来的书房很有现实意义，也名副其实。

这个"隔离斋"，至少有三层含义：一是顾名思义理解，"隔离斋"是被隔离出来的，不是纯粹意义上的书房；二是有书境和俗境相隔的意思，暗示要静心读书平淡做人；三是"隔离"一词有特定的意义，父亲曾经被"隔离审查"过，也算是一种毋忘历史吧。

当我为"隔离斋"这个书斋名沾沾自喜时，有一些文友提出了异议，或者说，公开表示不认同、难接受。主要理由是，"隔离"这个词既不吉利又让人反感，它容易让人想到"文革"时期的"隔离审查"，有限制人身自由和严重侵犯人权的意思。用这种文字命名书斋，无疑给书、书房和读书人蒙上一层阴影。

静下心来想想，这确实是一层负面的意思，当时也没有想得那么深刻。如此说来，我的这个书斋名似乎要夭折了。

正当我在犹豫不决时，有次在冬天的阳光下偶然与父亲追忆往事，发现曾经在"文革"中受到过"隔离审查"的父亲，居然对过去的岁月记忆犹新。我忽然想到"隔离"这两个字，不但对我父亲，对我们这个家庭，对我们这个国家，都有着一种词义之外的不可磨灭的痛苦记忆。我把书房命名为"隔离斋"，至少能让我像父亲一样永不忘记那段过去的历史。

这个"隔离斋"，具有无可替代的特定意义，也就是说，它烙上了贯穿人生的显著标记。

我从来不认为自己是一个读书人，因此，在客厅隔出一个书房，又取这个别人听起来不舒服的书斋名，似乎有些不伦不类。当然，无论怎么说，我又是一个识得几个字读过几本书的人。用"隔离斋"命名我的书房，这是为自己的人生增添一份忧患意识。

从此，我的书房有了一个名字，它叫"隔离斋"。

数年后，"隔离斋"书满为患了，书架上排满了书，书桌和地上都长着一支支"书笋"，只有一条进出的通道还能喘息。

某个深夜，堆砌得像一堵墙的书籍，突然集体倒塌，传来一阵爆裂声。夜深人静，恍若惊天动地，以为强盗持铁器破门而入，半天回不过神来。

这不是说我的藏书多，是因为书房太小。

每个爱书人的书房各有各的不同，它能反映出书房主人的个性和风格。我有一个书友的书房很随意，说不出哪个房间是书房，他的家就是一个大书房。上万册书是这个书友家的"亮点"，即使你不喜爱书，你走进这扇门，也一定会有一种精神上的敬畏感。

"隔离斋"的书和这个书友相比，就是"小巫见大巫"，他的藏书，可以用"蔚为壮观"这个词来形容。许多民国版的四部丛刊、四部备要，都堆叠在别的书籍之中。有些书更是"藏身书底"，看得到摸不出来。他的书是真正意义上的堆放，大大小小，长长短短，厚厚薄薄，杂乱无章地拥挤在一起，成了一道书籍的风景。

我"隔离斋"中的书籍，则像列队受检的士兵，整整齐齐，精神抖擞。即使手头在读的书，我也要放得整齐顺眼。这种习性，很像是一个只买书不读书的人。

据说名人大家的书房也是各有特色的，他们的书房除了藏书，也藏古玩字画，诗人臧克家居住在一所小小的四合院里，南房三间是藏书的，称"南书房"。虽不是万卷，但古今中外纷然杂陈，被臧克家先生称之为"杂货店"。臧克家住北房，寝室兼写作间中，四架书占去了一半，床头上的书高达二尺。后来，臧克家先生年老体弱，不得不迁往起居较为便利的单元楼房。

甲骨文大家胡厚宣的客厅里堆满了书籍，沙发上也都是书。因为书房早已成了书库，连进人都困难，只好在客厅看书，写作只能到卧室了。

当代藏书家田涛的藏书大约有五万册，从唐人写经开始，到宋版、元版，仅明版书就有五百部，而清代的"殿版"，只好放到阳台上去了。

另外，诗人牛汉把床放在书架旁，这样躺在床上看书更方便了，顺手就可以从书架上抽出一本来读。牛汉书架高处的书之间，夹着许多露出半截的稿纸，这就是牛汉写的诗。他写好诗并不急着拿出去，而是先"立"在书架上，随时抽出来要修改。

就是说过"我只用书，不藏书"的学者刘梦溪先生，书房的三面墙也都是书柜，而且顶天立地。据说季羡林先生看了刘梦溪书房的照片后说，梦溪的书真不少，梦溪的书房乱而有序，用书时梦溪怎么从书架上拿呀？

我也要感慨几句，我的书不算多，"隔离斋"也井然有序，可是也有用书找不到的时候呀。

古旧书店

以前，绍兴是有古旧书店的。

据《绍兴市志》记载：绍兴古旧书店的前身系绍兴古籍书店。1957年3月，由8名旧书商贩联合组建，在城区开设轩亭口、清道桥两个门市部，主营古旧书，兼营字画、碑帖、文房用具（旧砚、墨、石章等）。1972年12月，划归绍兴文物商店，称绍兴古旧书店。

对于这家古旧书店，我有较深的印象。20世纪80年代末九十年代初，可以说，我是这家书店的常客。

那个时候，我已经喜欢买书，隔三岔五往古旧书店看书买书，每个月总要去三四趟。其实，我不是到这家古旧书店买古籍的，在这家号称"古旧书店"的书店里，不要说线装的古籍书看不到，甚至于连民国书籍也几乎找不到。古旧书店的书架上，都是新版的古典文学和史学类书籍。

我和古旧书店里的人都成了面熟的人，但一直不知道他们姓甚名谁。有时候，进门双方点个头，笑一笑，算是打过招呼了。买卖双方的语言交流很少，这或许是因为书店是属于集体的缘故。记忆中，国营或者集体性质的商店的营业员，态度都是冷漠寡言的。

我有一套中华书局出版的"二十四史"，就是从这家古旧书店买齐的。

当时，为买齐这套书，我碰到了许多尴尬的事。每次去古旧书店都买一大包书，在旁人眼里这就是个书呆子，看过来的眼光也会异样。我的心里确实不好受，买书也躲躲闪闪的，但书还要继续买下去，只好挑书店里人少时进去，弄得像做贼一样。

有一天中午，这是我精心挑选的时间，根据以往的经验，古旧书店中午人最少。这次我要买的是《宋史》，厚厚的四十册，定价一百九十二块七角。正在交易，突然走进两个年轻人，其中一个还拿起我买的书翻了起来。

我有些慌张，额头上也冒出细汗，催促营业员快点包装，这堆书需要包成两大包。

年轻人边翻书边说，这书是你买的？

我说，是，是的。

年轻人说，这堆书你都买了？

我说，是的，这只是整套书里的一小部分。

年轻人惊讶地说，啊，有这么多呀，都是繁体字，你看得懂吗？

我浑身一阵闷热，支支吾吾地说，基本——基本能看懂。

两个年轻人都说，唉，看这种书多累呀。

我不想再回答，事实上，我也回答不了。

其实，我真正谈得上买古籍的，是在"墨润堂"书店，这是一家卖古旧书籍的民营书店。绍兴的"墨润堂"，也算得上是"老字号"，它开设于清同治元年（1862年）。创办人是徐维则，他是绍兴坡塘乡栖凫村人。

我发现"墨润堂"书店时，大约也是20世纪的80年代末90年代初。走进书店，几大书架线装古籍书横亘在我眼前，这是我第一次亲眼看到这么多古籍书，太震撼了！

那时的"墨润堂"书店，还在幽静的鲁迅路上，就是现在的"咸亨酒店"对面。早年的鲁迅路，是一条小路，没有新造的"咸亨酒店"，也没有林立的商场和拥挤的游客。路的两面都是粉墙黛瓦的老屋，高大粗壮的法国梧桐，把整条小路都遮了起来。"墨润堂"书店隐没在树影下，像一个宁静安逸的老人。

我在"墨润堂"书店买的第一部古籍，是王闿运所撰的《湘军志》（上下册）。该书的牌记上有"光绪二十四年太岁在戊戌孟冬之月述庐据原刻本校印于致知书局"。

所谓牌记，就是古籍中用以记录版本情况的一种专门标志。牌记的形式多样，字体常用真、草、隶、篆四种，位置灵活，不拘一格。其作用主要是给版本鉴定者确定版刻时间、地点、编辑者等提供直接可靠的证据。

后来，鲁迅路拓宽了，因为鲁迅故居周边的旅游景点要大开发，发展旅游产业就是繁荣发展第三产业，为绍兴这座古城增添经济实力。

整条鲁迅路上的老房子全部拆光了，"墨润堂"书店也搬到解放路上的步行街。对此，我至今记忆深刻。

"墨润堂"书店的古籍比较贵，因为全绍兴独此一家。

记得一套缺失一册有绣像的石印本《聊斋志异》，那时开价要八百元。我每次去"墨润堂"都要看一看这部书，就是下不了买的决心。

有一天，这套书从书架上消失了，我心里感到有一种失落。"墨润堂"书店的徐老板告诉我，有几个上海人来绍兴收书，他开出一千元的价，他们二话没说就买走了。

这种后悔的事经常会发生，不过几年下来，我大约也从"墨润堂"书店买过二十多部晚清到民国的古籍。其中有光绪戊子石印本《后汉书》（12册）、道光乙丑木刻本《唐陆宣公奏议读本》（4册）、光绪乙卯木刻本《历代史论》（8册）、同治甲戌木刻本《禹贡会笺》（4册）、光绪十六年石印本《古文辞类纂》（10册）、同治戊辰木刻本《香消酒醒词》（2册）、嘉庆甲子木刻本《鹖冠子评注》等等。

有一次，我买了一部宣统辛亥仲夏上海集成图书公司出版的《渔洋蚕尾集》（3册），拿回家后细细翻看，惊喜地发现书的内页中夹着一张薄纸，取出来一看，是一张"当票"，由于"当票"上的字迹太潦草，估计当物是一件棉袄。

面对这张夹在书中的"当票"，我突然有了许多感慨，想象也丰富多彩起来。

我想象一个穷困潦倒的书生，某次在书店看到了很想读的《渔洋蚕尾集》，可是他没钱买这部书，就把自己的棉袄当掉后买了书。后来冬天来了，这个书生没有钱赎回他的棉袄，这张"当票"就留在了这部书里。

我几次三番摸看这张发黄的"当票"，每次心情都难以平静。后来我写了两篇关于这部书和"当票"的短文，发表在报纸上后，引起了一些书友的共鸣。

这张"当票"我至今还珍藏着，就如珍藏着一份书生的淡泊和清贫。

曾经有一个收藏钱币的藏家找上门来，提出用几张珍贵的纸币交换我的这张当票。我婉言谢绝了，我说，你如果在研究典当行业和当票中有用，可以随时来找我看这张当票。

现在，绍兴古旧书店和"墨润堂"书店都无影无踪了，整个绍兴城里，没有一家古旧书店。我只有在翻看那些古籍时，才会感觉到过去岁月中的那一丝鲜活。

新华书店

　　爱书多年，逛书店成了生活的习惯。在我窝居的这座小城里，现在有的和曾经有过的一些书店，我基本上都到过，而且也买过书。

　　新华书店当然是书店里的老大，它是国营的。无论在计划经济时代，还是在市场经济时代，它都是老大。现在，市区最大的一家新华书店在胜利路上，一幢十几层的大楼，远望像一本摊开的书，看上去艺术感很强烈。

　　早年，从新华书店买来的书，书背后都盖有一颗章：向鲁迅学习，绍兴新华书店留念。

　　不管你愿意还是不愿意，买书付钱后，那个脸孔紧绷绷的收款员，就会顺手在书后盖上章，好像这也是他们的一项工作。其实，我不喜欢有这种章，虽然绍兴是鲁迅的故乡，在书上盖一个"向鲁迅学习"的章没有错，对某些人来说还很有意义。只是不问青红皂白，在没有征得书主人同意之前，一律把章盖上去就有些武断，或者说太一厢情愿了。

我书买来后，第一件事就是找一块橡皮，专心地擦书背后的这颗留念章。要擦掉这颗章比较困难，干擦几乎没有效果，纸被擦得皮开肉绽，章印还是清晰的；蘸点水擦的效果很好，一擦二擦，印章就擦掉了。不过，书后留下了一个不大不小的洞，像一个人脸上的烂疮疤，看了很不舒服。

这种被我折腾过的书，左看右看都像是从图书馆这种地方偷来的，书后面那个擦痕明显的洞，无疑是我做过手脚的有力证据。

后来，我在新华书店买书后，终于鼓足勇气对收款员说，同志，等一等，我不要盖这个章。

收款员抬起的手停住了，但看我的眼神明显异样起来，她说，你不要盖这个章吗？

我在心里想，这还用问，叫你别盖你就别盖，这是我的书。

收款员见我沉默，又说，所有人都喜欢盖这个，这是一个买书的纪念章。她边说边又要盖上去了。

我赶紧说，真的不要盖这个章，我喜欢盖自己的章。

收款员一脸迷茫地说，你也有这个章？

我一把抢过我的书，对这个敬业的收款员笑了笑走了。

我有好几枚印章，早期是一枚长方形的小章，上面刻着我的名字。后来又刻了枚藏书章，然后像模像样地盖到书上去，如果有兴致，还会提笔在扉页上写上几句，我觉得这才是属于自己的留念。

我的书房里有一本《日俄战争简史》，很薄的一本书，只有六十多页，定价一角三分。书脊已经裂开了，书面书脊上也有了许多霉点。封面上有一个我名字的小章，翻开扉页，上面有两行歪歪扭扭的字：一九七七年十月购于绍兴新华书店。字的正中又是一个我名字的小章。看上去有些零乱，但记忆一下子跳出来了，这本书是我读高中时买的，已经数十年了。

　　还有一套冯玉祥先生的《我的生活》，是我在海涂工作时买的，一套上下两册，定价二元三角钱。这套书的扉页上也留着我的两行字：一九八一年七月二十六日购于海涂长虹闸。

　　那个时候，农村的供销社也卖书，但书都很少，像海涂供销社营业部，总共只有一个小小的柜台卖书。

　　我看到冯玉祥先生的《我的生活》后，可以说是爱不释手，每次都要让营业员从柜台里拿出来翻翻，但二元三角的书价，让我几次三番下不了买的决心。这种白看书的次数多了，营业员看到我的脸色也变了，我就不好意思再让她拿出来给我看书。

　　我参加工作不久，每月工资只有二十三元。想来想去，感觉不买这套书总是一桩心事。到月底发工资，钱刚刚到手，还没放进口袋，就直奔供销社买下了这套书。回到寝室，兴奋得不得了，先把书捧在手里翻了一阵子，然后提笔写下那两行字。

　　每当我看到这套书，自然而然地会想到我在海涂工作的那段岁月，还有当时买书的一些情景。

　　在新华书店买书，还有一个难忘的感觉，就是有一段时间，自己总被怀疑成一个"偷书贼"。那时书店刚刚开架卖书，这种感觉真是太好了，因为再也不用隔着柜台在外面伸长脖子请拉长着脸的营业员拿书，自己喜欢怎么挑书就怎么挑。

去书店的次数多了，发现有一个很不舒服的问题，就是容易被书店的营业员怀疑成"偷书贼"。在书店的出口处，有一把高脚椅子，上面高高地坐着一个火眼金睛的营业员，他总是俯视着书店里的所有人，那种表情那种眼神，似乎进来的人都是来偷书的。

我一面看书，一面老是觉得身后有一双眼睛盯着我的一举一动。我偶尔回头望去，果然那双眼睛正盯着我，盯得我自己都觉得我是来偷书的。

在这种状态下，走进新华书店买书就有了一种心理负担。一面要被人不放心被人怀疑，那种滋味如同嚼蜡；一面又想要买书不得不来这里，心里有万般的不舒服与无奈。当时除了新华书店，又别无买书的选择。

后来有了个人开的书店，也就是现在所说的民营书店。当然，新华书店出口处的高脚椅也撤掉了，再后来，有了网络，在网上也可以买书了。

新华书店似乎离我渐行渐远，然而，我坐在书房中乱翻书时，无意中经常看到几本擦破书背面的书，翻开扉页上面也留有我歪歪扭扭的字迹。许多的记忆，过去的岁月，在新华书店买书的情景，都会在脑海中清晰地浮现。

这次走进新华书店，里面的人很多，根本没有出现门可罗雀的现象。这是一种现实的状态，还是有很多人来新华书店买书的。

从一楼到二楼再到三楼,然后从三楼到二楼再到一楼。我发现卖"文史哲"的书只残存在二楼的一角,一楼三楼还有二楼的一部分都是卖学生学习资料或者学习用品的。我望了望整个二楼,其实也是挺大的,但我所关心的书籍,确实只有眼前的这一些。

我突然希望能看到,那个脸孔紧绷绷的一心要给新书盖章的收款员,那个坐在高脚椅上一脸警觉的营业员,甚至于把我和书隔绝开来的硬邦邦的柜台。

我感到了失望,还有一些悲哀。其实,这都是多余的,我没有必要站在这里为一家国有书店失望和悲哀,这是杞人忧天,是自寻烦恼,我只是一个买书的人。

我买了七本书,可以说,这是近十年来在新华书店一次性买书最多的一次。这一次,或许也能成为一种记忆。

淘旧书

听说绍兴古玩市场要从鲁迅故里搬出去了，不少古玩店已经"人去店空"。之前，我偶尔会去那儿看看凑个热闹，主要是想淘几本民国旧书，或者运气好淘一本晚清古籍。

我一般都是星期天去的，早上步行到古玩市场，也算是一种锻炼。

从我居住的城东到鲁迅故里的古玩市场，大约需要步行四十分钟。鲁迅东路是一条环境比较雅致的小路，一边的小河依然保留着，绿化和草地虽然是人工造就的，但有了这条古朴的小河，也就有了一种"珠联璧合"的风景，有了绍兴水乡小家碧玉的秀气。

早晨七点多，我从家里出来，沿着小河走，进入鲁迅故里入口，已经有游客在拍照留念。我想到我去外地旅游，也是这个轻松愉快的心情。

古玩市场里热热闹闹的，我对古陶瓷器只看不问，因为我不懂，也没经济实力玩这类东西。而且，古陶瓷器仿品太多，很难确认它们的年纪。我经常和一个开古玩店的朋友说，一件古玩的真假或者说年纪，都是内行人和专家说了算的，这件古玩本身它肯定不会开口证明自己。这是玩笑，也是事实。

人活在这个世上，爱好一种或多种东西，也是人之常情。譬如金钱财富，譬如官位权力，譬如吃喝玩乐，等等。只是得不到的，绝对不可强求。很多人因为忘却了这个做人处事的原则，所以最后都没有好下场。

古玩市场门口有两个书摊，都是卖旧书破书的。一个是瘦子，带上虞口音的年轻人。另一个也是瘦子，也是年轻人，不过是说绍兴话的本地人。在这两个人的书摊上，以前我都买过一些旧书。

这一次，上虞口音年轻人的书摊中，有几本民国旧书，品相比较差不说，他似乎把这几本书看成了宝贝。一套缺几册的民国石印本《东周列国志》，大约有薄薄的十册，有三册虫蛀比较严重。就是这套残本，他居然开价三百元。一本品相尚可，二十世纪五十年代出版的《丁西林剧作选》，开价六十元，而且不还价。

大约两星期前，我在绍兴年轻人的书摊里，买过一本民国三十七年十二月初版的《伊尔的美神》（梅里美选集），品相应该说还可以，黎烈文先生翻译，也是六十元的买价。在一般情况下，相同类型的书籍中，我比较偏爱小说集。这和我自己业余写小说不无关系吧。

我在古玩市场逛了几圈，发现另外几个书摊也没有我喜欢的旧书，就连让我多考虑考虑的旧书也没有看到。有几套晚清的木刻医书，刻工还可以，品相也算过得去，只是我对医书有偏见，从来没有买过这种内容的书。

几个满头白发的老先生，他们也是经常来掏旧书的，这些人都是书海里的高手和行家，我想，如果我老了，我决不会像个木头人坐在路旁看路人，我还是喜欢像这种老先生一样生活。有时还会想，如果有可能，真想提前退休。然后弄个小书店什么的，每天都有喜爱书的人来，谈书说书，坐享其福，真是闲人的美好生活。

整个古玩市场就这么几摊卖旧书的，前来淘旧书的却大有人在，想淘到喜欢的好书，简直就是大海捞针。

一个白发苍苍的老先生，对一个手捧几本旧医书的老人说，现在最能找到的就是这类医书，为什么呢？因为任何一个朝代任何一个政府，他们要禁的书很多，或者要烧的书也很多，但他们都不会去禁医书烧医书，因为医书与政治和政权无关。

捧着医书的老先生说，你这样说太片面了，医书和政治、政权怎么会没有关系？也有关系的。

白发老先生说，你不懂。

捧着医书的老先生说，你才真不懂。

两个人都不说话了，话不投机，沉默是金。

我基本认同"医书与政治和政权无关"的观点，医书用来治病救人，而只要是一个有血有肉的人，不管他是什么样的人，生老病死，是一个普遍的规律，所以医书的"生命力"相对比较顽强。

我每次去古玩市场，来去要走一个半小时左右，而真正"淘书"的时间都不会超过一个小时，因为真的无旧书可淘。

如果有那么一点点的收获，回去的感觉就会轻松快乐；如果一无所获，就会心有不甘，步履也像老人一样蹒跚了。

其实，去杭州淘旧书也是一样的。浙江图书馆门口的旧书市场，也只有三四十个书摊，一半以上并无旧书，出售的都是正版或盗版的新书。有些所谓的旧书，也不过是一些打折的新书。

要说真有旧书，大多也是二十世纪七十年代左右的旧书，有些已经面目全非了。至于民国和晚清的旧书，几乎很难遇见。

尽管这样，前来淘书的人还是不少，给人一种读书人并不孤单的美好感觉。我书架上的《民国人物传》、马识途先生的《夜谭十记》《周立波短篇小说选》和《唐宋传奇选》等旧书，都是从杭州淘来的。

有一次，在浙江图书馆门口的旧书市场，一本《江南一怪》吸引了我。这本书看上去完全是新书，没有污垢也没有折皱，书品属于一流。我随手翻开书，有几行醒目的字迹，轻快地跳入我的眼帘。这是作者一林先生的亲笔题名，还有"某某先生指教"之类的话。

我捧着这本作者的签名本，没有一丝惊喜的感觉。我历来看重作者的签名本，我也收藏了许多作者的签名本。但面对这本有作者签名的书，我有些伤感起来了。

从作者写在书上的时间看，这本书从作者赠送出去，到被接受者卖出来，再到我现在看到它流落旧书摊，整个过程大约只有三个月。

我的心莫明其妙地沉下去，这是书的悲哀还是作者的悲哀呢？我想，一林先生一定不会知道这个结果，假如他知道了这个遗憾的结果，那么他一定会生出更多的感叹。

以前，我在绍兴的旧书摊上，也看到过一本绍兴作者的签名本。不过那个接受赠书的人更有心机，他在把书卖掉之前，残忍地把作者的签名页撕掉了，然后扔进了垃圾袋。或许因为撕得太坚决太匆忙，居然有一小部分顽强地留在书上。那个时候，我捧着这本书的心情也很复杂，还为这本可怜的书默哀了片刻。

后来，我又发现了一本我自己的散文集。虽然这是很平常的事，但我确实害怕书中有我的签名。这不是说我是名人是大家，签名本夹杂在灰头土脸的旧书中，有失尊严有失体面。其实即使是名人是大家，这种事也在所难免。

曾经读过贾平凹先生的一篇文章，写的也是他送出去的签名本，在旧书市场上被他发现了。贾先生当然是大家，所以他的做法也大气。他花钱买下了这本书，然后再题上"再赠某某先生"寄去。这种效果可想而知的美妙，有几个人会想到这一绝招？

我想到的是，假如翻开我的这本书，真有我的签名和"某某老师指教"之类的屁话。我一定会不动声色地买下来，并在原来签名的地方，再写上几句失落和感叹的话，然后默默地收藏起来，为自己留下一个失败和羞愧的纪念。

这本书上确实没有我的签名，我一再告诫自己，以后送书要少签名。你签个名题一句话，有什么作用呢？写得最多最好也是一文不值，接受的人翻过了总有一天会有意或者无意地卖掉。遗憾的是，我总是要忘掉自己的告诫，出书后就会兴冲冲地给别人签名送书。

我捧着一林先生的《江南一怪》，有些不知所措，最后还是轻轻放下了它。我离开了这个摊位，但心里还在纠缠这件事，仿佛一林先生鲜活的字迹还在哭泣。我突然又折回去，再次翻开这本书，看着作者的字迹发愣。我终于想到要拯救这本书了，拯救这本书，也在拯救那些流离失所的签名本。

我准备掏钱买书时，仿佛耳边有人在提醒我，你能拯救这本书，但是你能拯救这个现实吗？

我无所适从地停止了本次行动，又轻轻地放下这本书。我希望有人，用一种真诚的心拯救这本书。如果这样，至少能让我坚定"拯救"的信念。当然，我没有看到这种心想事成的结果，或许这是脱离现实的美好愿望。

我心烦意乱地离开了这个书摊。我想，一林先生，或许只有你自己，才能拯救你的签名本了。

杭城淘书记

绍兴到杭州其实很近，近得就像在身边一样。

对我来说，杭州的魅力不仅仅在于它有西湖，有美丽的湖光山色，更在于杭州还能"淘"到几本自己比较满意的旧书。

绍兴也算是一座文化底蕴深厚的古城，名人故居很多，但现在没有一家像模像样的旧书店，更不要说有一个旧书集市了。

有年冬天，天寒地冻，是一个星期天，我和几个书友不畏寒冷相约赴杭城淘旧书。我们的"如意算盘"是这样的，先到浙江图书馆旧书集市"扫荡"一遍，然后伺机再去沈记古旧书店、南华书店等。

估计九点半前可以跨过钱塘江，由于一路上欢声笑语地谈书说书，居然"神不觉鬼不知"地走错了方向，车子到萧山转了一个圈子，最后天无绝人之路，十点多赶到浙江图书馆旧书集市。

浙图广场上北风凛冽，吹得人一身冷气。这一天，阳光特别灿烂，书摊都搬到了阳光底下。这里的旧书集市我来过几次，确实还能淘到一些喜欢的旧书。

我们分头单独行动，神清气爽地各淘各自喜欢的书。大约一个小时后，我们胜利"会师"，手上都拎着一大袋书了。

中午，我们既辛苦又轻松地离开浙图大门。忽然，有一个擦皮鞋的中年男人招呼我们，先生，擦擦皮鞋吧。

看看风尘仆仆的旧皮鞋，一个书友对我说，我们擦皮鞋吧，你先擦。我从来没有让人擦过皮鞋，感觉在大庭广众之下让人擦皮鞋不好意思。书友催促我，擦吧，给他做点生意，也算是扶贫吧。

擦皮鞋的是一个四十多岁的外地人，长得黑瘦，像一个吃不饱穿不暖的穷人。擦皮鞋开始了，他边擦皮鞋边侃侃而谈，居然天下大事无所不知。

这时，一辆车身喷有"城市执法"的车子，突然朝我们开过来，我和书友及这个擦皮鞋的尚在谈笑风生。

执法车里一个丑陋的女执法者开窗骂道：快滚，给我滚开。她的语气霸道，又居高临下。擦皮鞋的中年男人一脸大敌当前的神色，慌忙拎起"吃饭家伙"往浙图里面逃窜。他边逃边不忘也用脏话"还击"，但模样是仓皇的。

有个书友一向是伸张正义的，但面对"正义"在握的强势执法者，他也只能虚张声势地嚷嚷几声，露出一副爱莫能助的模样。

最悲惨的还是先擦皮鞋的我，当时我稳坐在擦皮鞋的小板凳上，一只皮鞋已经上好鞋油，两边也插上了小纸板。现在擦鞋的中年男人提起小板凳跑了，我只好跟着他往浙图里面走。因为鞋里插着小纸板，走起路来就像一只企鹅，显得狼狈不堪。

逃进浙图里面，执法车总算饶了我们，擦皮鞋的开始理直气壮地骂人，还追到大门口，指着远去的执法车破口大骂，妈个×，让我"滚开"，有这样说话的吗，我要告你们侵犯人权。

接下来，擦皮鞋的中年男人换了个地方继续擦皮鞋，继续和我们有说有笑，好像什么事都没有发生过。其实，他的内心是惶恐的，他的眼神游离在皮鞋之外，总是往远处跑来跑去。他很快擦好了我的皮鞋，感觉完成得比较"粗糙"。我站起来一看，皮鞋揩得只够个及格，袜子上居然留下一抹黑黑的鞋油。

另一个书友坐下来说，哎呀，你把小纸板给我插上呀。

原来问题就出在两片小纸板上，在我跟着逃跑时，脚上的小纸板不知掉在哪里了。擦皮鞋的中年男人当时惊魂未定，还管什么小纸板不小纸板。等执法车走后，嘴上动粗，手上也动粗，透出一副我是擦鞋的我怕谁的气势。

书友这么一提醒，擦皮鞋的中年男人也清醒了，开始装模作样地找与他相依为命的小纸板。他们两个坐着在身边找，我主动沿着逃跑的路线去找。小纸板很快找到了，就在原来擦皮鞋的那个地方。有了小纸板，擦皮鞋的中年男人和书友默契配合，很快就把书友的皮鞋"搞定"了。

经历这场"风波"后，我和书友的肚子都在咕咕叫。我们穿着油光锃亮的皮鞋，矫健地穿过马路，找到了一家拉面馆，一人点一碗十八块的面条。这碗面条吃起来味道还可以，只是想想有点贵，十八块有多少旧书好买呀。买过一块一本的旧书，书品还可以，十八块就是十八本书呀。

吃到最后，书友碗里还有不少汤水，我说真好吃，你再吃一点吧。书友笑着端起碗来"牛饮"一口说，浪费可惜，汤水里都是旧书呀。

因为要等车，我们又回到浙图，我对书友说，还有时间，我们去进行"地毯式"搜查吧。书友一脸灿烂地说，我也是这么想的。

我们再次单独行动，接着在一堆一块一本的旧书前再次"会师"。这个旧书摊主肯定在偷着乐，遇到几个傻乎乎的真买主了。一回生，二回熟，我们和摊主聊上了。原来这个旧书摊主与我的书友还是网上的朋友，说起来居然如谈家常。我们没有理由不在这个摊位里多开销一点时间，反正书也买得差不多了。

突然，书友手指前方对我说，你看你看，那个人不是老沈吗，他也在这里呀。我没有看到老沈，即使看到我也认不出他，我只见过他一面。书友所说的老沈，就是杭州沈记古旧书店的沈老板。我们幸好还没有去他那儿，否则要碰出一鼻子的灰了。

说到这个老沈，旧书摊主说，以前他们这些卖旧书的，经常去老沈那儿进旧书，现在去的也少了，因为老沈的旧书越来越少，他自己经常也要跑浙图的旧书集市了。我们想去找老沈说几句，谈谈旧书，叙叙书友之情。可是，来接我们的车来了，我们拖着几包买来的旧书，像"难民"一样上了车。

晚上，我把买来的旧书拿出来，弄一块干净的布一本一本擦过去，然后用透明粘纸修补损伤的书面，再一一把它们登记在册，边登记边翻看一遍。做完这些，时间已经过去了两个多小时。

我想到了书友们经常调侃的一句话，淘旧书，乐此不疲。

买书散记

买书和写作，都是我生命中难以割舍的爱好。

我时常对我三十多年的买书爱好进行反思，结论是买书没有什么不好，当然也没有什么好，它仅仅只是我生存的一种形式而已。早年朝气蓬勃，思想活跃，理想远大，以为读书能成就什么大事业，现在想来不过是孩儿的幼稚与天真罢了。

买书这个爱好，天长日久成了习惯，入了心扉，仿佛是一个久经考验的老朋友。最近几年，我有意少进书店少买书，经常残忍地扼杀买书的欲望。

每当买书欲望翻腾时，我会走进书房，面对满柜满地的书，我对自己说，你看看，这么多书看得完吗？你醒醒吧。

这种方式很奏效，我的书越买越少，但不买肯定做不到，也不现实。我活着没有别的爱好，只有买书和写作这个爱好。

这年前四个月的买书量只有往年一个月的量，到五月似乎突然又控制不住了，零碎买的书不说，两部书就花了近一千五百元。

一部是中华书局出版的《六十种曲》，四百九十元，精装十二册，一纸板箱。二〇〇八年五月上旬，我到杭州参加浙江省第七次作家代表大会。晚上我一个人出去逛书店，买过几本小说集之类的书，心里总感觉不够过瘾。

那天上午会议结束早，我又去了一趟书店，这次看到了一部《六十种曲》，左看右摸，爱不释手。我的书房里，已经有人民文学出版社的十二册精装《全元戏曲》，还有上海文艺出版社的《中国十大古典悲剧集》和《中国十大古典喜剧集》，但我对中国古典戏曲情有独钟。后来，我和书友专程去杭州，把这部《六十种曲》背回了家，这种感觉就像是一个将军凯旋了。

另一部是民国上海中华书局的四部备要本《旧唐书》，三十册，一千元（不包括邮资等费用）。这是一部民国旧书，是我通过书友从"孔夫子旧书网"上拍得的。我已经有一部中华书局的《旧唐书》了，因为特别喜欢这部"四部备要"，没有多想就让书友拍下来了。现在不要说买清代古籍，就是民国旧书，价格也连年上涨。

我二十世纪九十年代初买的古籍，现在看来价格实在便宜。一部清光绪十四年版的十二册《后汉书》（石印本），绍兴"墨润堂"书店标价七十二元。一部清道光乙丑年版的四册《唐陆宣公奏议读本》（木刻本），"墨润堂"书店出价也不过一百元。当然，这个价格在当时也算高了。我从书房的旧纸堆中，发现过一只我一九九二年二月的工资袋，上面清清楚楚写着工资、奖金加各种补贴，月收入才二百八十六元。

买不起古籍，就买当代再版的古籍，譬如上海古籍出版社的"四库类书丛刊"、"四库明人文集丛刊"和"四库笔记小说丛书"等。

上海书店出的一套《疆邨丛书》，当时浑身灰尘，躺在曾经的"华谊书城"一角无人问津。我发现后爱不释手，当即付款买下捧回家。

在绍兴古旧书店，看到一套三卷本精装《群书考索》，定价八十二元三角，当时这个书价高得离谱了。为买这套书，我先后五六次去过书店，最后还是不顾一切地买下了。

我是什么时候开始买旧书的，没有确切的记忆了。比较早的一次买旧书，大约是在1985年的秋天。那年我在绍兴师专读书，学校图书馆在处理一批旧书。我仅用几元钱，就买下了《苏联简史》《拉丁美洲各族人民》及《胡适的日记》三种书，厚厚的六本，而且是"三联"和"商务"出的书。买旧书原本只是为了省些钱，没想到旧书中确实有值得买、值得读的好书。

经过多年的日积月累，许多有价值的旧书，充实到了我的书房之中。

当我在阅读这些旧书时，无意间又发现了藏在旧书之中的一些旧事。这些旧书之中的旧事，如今看来或许不会再有结果，因为它早就成了岁月中的过去。

有一次，我在翻看一堆新买的旧书时，忽然掉下一张折叠着的旧纸。

我怀着好奇的心情打开这张旧纸，这张纸的纸质较差，并且已经发黄，上面油印着一张清晰的表格。表格的标题是"浙江省立浙东第二临时中学行事简历"，内容是从十月到次年一月间的重要校务活动，如十月二十五日始业式、十一月五日正式上课、十一月八日举行第一次校务会议等等。而从"国父诞辰纪念举行纪念仪式"、"中华民国开国纪念举行庆祝会（放假一天）"这些内容看，这张"行事简历"的历史应该追溯到"解放"以前。

在这张"行事简历"的边上，有用毛笔写的"查猛济先生"一行小字。这真是太有意思了，这张不起眼的旧纸似乎留给了我许多的想象。这个"查猛济先生"曾经是这所学校里的教员，他在某年某月的某一天，收到了学校制订的这份"行事简历"。或许他站在微凉的秋风里，认真阅读过这张属于他的纸。当然，其中还会有许多关于这所学校中的人和事的故事。面对这张从旧书中掉出来的旧纸，曾经可能发生过的一切立即浮现在我的眼前。

另一件有关旧书中的旧事，听起来或许很平淡，但想起来还是很有些意思的。

这是一本夹在旧书之中的借书证，借书证上盖有一枚不太清晰的印章，"某某维尼纶厂图书室"，正面还有"仪修车间"四个字。借书证的主人叫陈佩玲，从一张贴着的黑白照片上看，她是一位对生活充满美好理想的姑娘，因为她的笑脸十分灿烂。从借书证上记录的情况看，第一本所借的书是《书剑恩仇记》，时间为1982年3月。

我当然不认识这个"陈佩玲"，也不知道她是否生活在我们这座城市中，我更不清楚她现在对读书还有没有兴趣。她借书的记录也比较简单，1982年共借了18册书，其中有《收获》《译林》《故乡》和《白奴》等。平均每月读一本半书，可见她曾经也是一个喜欢读书的文学青年。

在这些散发着过去气息的旧书前，我在阅读它们的同时，也在阅读那些没入岁月之中的旧事。

近几年来，我对旧书的兴致渐浓。

寂寞时，我会读书房里的旧书。这些旧书虽然不值钱，但看到它们就能想起与之有缘的往事。我在翻弄旧书时，看到了几只塑料袋，它们鼓鼓囊囊的，像胸中有话憋着要说。这是什么呢？它们对寂寞的我是一种诱惑。

它们是旧档案。所谓旧档案，其实都是一些被清理出来的废纸。我在网上竞拍旧书时，看到有一些小人物的旧档案，就手痒痒地拍下过几个。

这些旧档案有新中国成立初的，也有"文革"时期的，至今才数十年而已。物质的都过去了，人性的却沉淀下来了。对于我来说，新中国成立初的岁月没有经历过，但"文革"时期经历了，而且不是一般的经历，有抹杀不了的疼痛，至今记忆犹新。想到那些过去，身心俱冷，难以释怀。

当时在网上拍下这些旧档案，除了上述的纠结，另一个原因是，想从这些旧档案里捞一点小说素材。我知道写作也有风险，这种风险从提笔那天开始就左右在身心。这只是我的一种想法，想法不是文字，其中风险尚未存在。

我慢慢打开塑料袋，抽出里面的档案袋。确实是那些拍来的旧档案，纸已经有点发霉发黄，几张人物的照片也暗淡伤感，这不是说过去的岁月已经久远，这只能说明这些档案已经没有价值，它们只是一些废纸。

如果它们放在旧报纸中，让收废纸的人收走，我想它们一定能顺利地走进造纸厂，然后粉身碎骨成为子虚乌有的曾经。

我开始翻看这些旧档案，看着文字，看着特定的信笺，看着红彤彤的官印，我突然感觉到耳边响起了声音，这是一种响彻云霄的声音，太熟悉了，也太真切了。眼前，有了画面感，像电影更像是重现。

胸前挂一块牌子，手里拿一只脸盆，自己敲一下，然后说明自己是一个什么样的坏人。身后跟着一长溜看热闹的人，那个时候，童年的我看到过别人这个样子走在街上，我也看到过我父亲这个样子从家门口走过。

天色灰暗起来，风也有了声响。刚刚还有阳光，突然要下雨了。寂寞无声，不是说这个世界沉静了，而是自己的心灵寂寞了。一切都寂寞了，唯有这些旧档案和我在说话，它们一定想告诉我什么。

我翻到了一堆旧书，这些书已经被新买的书湮没了。我把它们理出来，发现有关古籍和古版画之类的书不少，居然有二十世纪八十年代出版的《中国善本书提要》（王重民先生撰）、九十年代初出的《贩书经眼录》（严宝善编录）等。这些都是好书，可惜它们都沉到书海中去了。

我花了几个月时间整理书房，无论新书还是旧书，我要让它们在书房里神清气爽，因为它们都是我的爱好。

读书和藏书

读书和藏书既有联系又有区别。

唐弢先生在《晦庵书话》的《藏书家》一文中说过：藏书家大都爱书，爱书的人按理总是喜欢书的，不过事实并不尽然。自古以来，能读书的人未必便能藏书，能藏书的人未必便能读书。前人把藏书家分为两类，一类是为读书而藏书，叫作读书的藏书家；另一类则是为藏书而藏书，好比为艺术而艺术一样，他们是藏书的藏书家。

我觉得，无论是藏书的人还是读书的人，至少他们都是爱书的人。如果不喜欢书，根本不可能去读书更不可能去藏书。

当然，我说这样的话似乎有些自欺欺人。我不是藏书家，也算不上是一个读书人，只是从小偏爱书籍而已。

数十年的日积月累，我的藏书也号称上万，一大一小两个书房都满了。不知不觉中，自己在别人眼里仿佛就是一个读书的人。其实，我的藏书都是一般的书籍，就是阅读的书籍，以文史哲为主，小说类文学书籍占多数，基本上没有藏书意义上的书籍。

数十年以来，这些书一本一本地走进我的书房，它们默默无闻地陪伴着我，长年累月与我一起感受生活的喜怒哀乐，这是一种缘分。

每当我坐在书房读书或者写作时，看到越来越多的书籍，心里一半是安慰一半是忧愁。人活着有书无书，对绝大多数人来说当然无所谓，书既不能当饭吃，更不能当钱用。但对我这种爱书的人来说，生活中有书和无书就大不一样。有了书，精神无疑有了寄托，思想也充实了。

忧的是家里的书越多，藏书的成本也越大。首先是买书要花钱，现在新书价格年年涨，旧书身价也大涨，无论是买新书还是旧书，都到了需要"三思而后行"的程度。

早几年，每年都要花成千上万的钱买书，而买别的生活用品却省之又省；其次有了许多书之后，就想有间书房让书"安身立命"，为读书创造良好的环境。现在房价这么贵，专门设书房真的太奢侈。尽管许多家庭乔迁新居后，都会专设一个书房，只是这种书房往往有房无书或者有房少书，被挪作他用，最后名存实亡；另外，书多了要做书架，还要有时间整理书籍，等等。总之，书多是一件很费钱费心的事。

自从喜爱书籍，我坚信我离不开它们了。当过了天命之年，某一天，我突然闪现出一个念头，那就是我老了我眼花了，我的书怎么办？接着，我经常会想到这个残酷的问题，这是一个书呆子的傻想吗？

事实确实如此，我能做的是有意无意地少买书，或者说尽量克制自己不进书店。我买书的数量陡然减少，除了在"孔夫子旧书网"上拍些民国旧书外，去书店的次数确实少多了。

连续十多年，我几乎每周都要去书店一两次，每次都会买几本，有时控制不住冲动，就会拎一大袋书回家。那时只要看到书，不管有没有钱，眼睛都要发绿，仿佛是一匹饿狼。想起来，这就是疯狂，像患了病没什么两样。

其实，人活在这个世上的日子是有限的，人离开了书还有什么用呢，这些书最终必将成为下一代的负担。与其以后变成废纸，还不如让它们早点有一个圆满的归宿。我有了这种想法，说明我爱书的热情不如从前了。果真如此吗？我自己也难自圆其说。

我在"孔夫子旧书网"上注册了一个用户名，转让了一批曾经自己比较喜欢的书籍。我的这种反常举动，让我女儿大为震惊，我女儿虽然对书不大感兴趣，但她清楚我是一个爱书的人。我女儿还以为她老爸在开玩笑，老爸只买书，从来不卖书的。她不知道，我的观念也在转变，该买时买，该卖时也该卖了。

一个月过去了，我的书卖掉了五六十本，这只是我所有藏书的沧海一粟。

第一次，我在"在线拍卖"中上了十种书，居然一本书也卖不出去。原因是这些书，都是我自己不想要的书。其实，在"孔夫子旧书网"上淘书的都是"书林高手"，想忽悠他们连门都没有。我不要的书，他们肯定也不要；我要的书，也是他们想要的书。

第二次上拍，我选择了六种比较好的书，马上有一半被拍走了。后来的几种十六开本民国四部备要本，如《周礼正义》《小尔雅义证》《方言疏证》《广雅疏证》等也很快有人要了。遗憾的是，一部人民文学出版社1995年出版的《莎士比亚全集》（全十册），开价仅九十元，拍了两次都无人问津。这让我的内心沉重起来，我卖书不是为了几个钱，而是为了给书找一个更爱它们的主人。这么好的书，价格也不算贵，可就是没人要。

在"孔夫子旧书网"上淘书的，有一大半是为了收藏，买去读的确实不多了。读书的时代仿佛真的过去了，现在即使还有人在读书，也仅仅是为了某种考试而读书，或者无聊时看一看无聊的一些书。

淡笋是我最忠实的书友之一，也是带我到"孔夫子旧书网"的"书林高手"，他对我突然出手卖书一定感到了遗憾，但他理解我对于读书和藏书观念的转变。我心里也在想，如果有一天我对书不感兴趣了，书友之间还会有那么多的书话吗？当然有的，这是肯定的。几十年的买书读书，让我们的血肉之间都有了书的气味，活到现在，不管我们愿意还是不愿意，我们已经和书不可分离了。

淡笋一直关注我在"孔夫子旧书网"上卖书，当他发现我一再上拍中国古典文学丛书时，多次用感叹的方式提醒我要慎重考虑。在拍卖《牧斋有学集》时，他在上面留言："牧斋"真的要离开"隔离斋"远归他乡了，一路珍重。看到在拍《王阳明全集》时，他又留言：好书啊，去了就不会再来了。

说真的，我的心里确实也依依不舍，像自己的孩子要远走高飞，总有一种千丝万缕的牵挂。为了它们有一个更好的家，还是让它们走吧。

当然，我不可能把书卖完，我还想继续读书藏书。所以，该留下的书籍还会留在隔离斋的。

书多了还有一个问题，就是搬家时搬书的压力很大。

二十世纪九十年代初至今，我一共搬过四次家。每次搬家搬书都是一个难题，而且一次比一次艰难。搬家时，望着一屋子杂乱无章的书，心里有种不知所措的感觉。

印象最深的一次是从城南搬到秀水苑，当时老屋已经卖掉，搬家定下了期限。想找几个搬运工，但书籍不是别的东西，让他们搬心里不放心。如果找几个朋友帮忙，从老屋的五楼搬到新房的六楼，搬那么多的书又如何说得出口。想来想去，还是自己动手。

新房还在装修，我提前搬书了。先把书大致整理一下，再装入塑料袋打包。每包不能装得太多，二十册左右为宜。大约装了二十袋，小书房已经像个仓库了。晚上拎三袋下楼，放在电瓶车上，运到新房的车棚里。

这样连续搬了一个星期，只搬了四百册左右，书房中的书似乎没见得少。

我开始有些烦躁，感觉又急又愁。如果有求于有车的朋友，一车能拉二十袋左右，是我一个星期的运量。问题是朋友来帮忙，不会只拉书不搬书，搬书的滋味我深有体会。纠结了几天，还是再说吧。

搬书的日子正值酷暑，我每天晚上少则一趟三袋，多则二三趟，每趟来回要五十分钟左右。

有一次，台风来了，白天风雨很大，傍晚就停了。吃完晚饭，我觉得机不可失，应该迅速搬一趟。我一看到书房里的书，它们就像都压在我的胸口上。出门时，天色有些灰白，没有下雨，风也刮得不凶猛。没想到半路上下起了大雨，而且越来越大，很快就风雨交加。雨衣失去了作用，眼镜也糊满了雨水，视线一片混浊。

一辆集装箱车临时停在路上，当我发现这个庞然大物时，电瓶车已经撞了上去。我和电瓶车翻倒在地，三袋书也飞了出去。我的意识一片空白，不知道发生了什么事。路上没有行人，只有风雨在快速行走。集装箱车纹丝不动，驾驶员稳坐在驾驶室里，或许还在偷笑。

疼痛让我清醒过来，爬起来先检查身体，幸运的是车速不快，除了一点皮伤没有什么大伤。我扶起车拾起书，发现不少书已经被雨水淋湿了。

第二天，我的腰上腿上手上等地方都痛了肿了，其中大腿上的一片乌青，一个月后才消失。这期间，我没有停止搬书，看上去书还有那么多。

搬家的期限越来越近，最后还得依靠有车的朋友。

汽车毕竟是汽车，几车拉下来老屋里的书明显少了。搬过去的问题基本解决，可从新屋的车棚搬上去又成了问题。虽然有一小部分搬了上去，大部分还在车棚里。再说新房还在装修，书搬上去也不放心。这不是说我不信任装修工，事实证明我的担忧是正确的。有一天，我在装修现场，发现了几本应该还在车棚里的书。后来我问了问，一个喜爱读书的油漆工承认书是他拿上来的。

这种现状让我感到束手无策，好在没过多少日子装修结束了。

我又开始搬书，每天要跑许多次六楼，跑得脚骨都软了。虽然这次搬书没有期限，但我想尽快搬完可以仔细整理。

　　半个月后，书终于全部搬进了新房，可整理起来发现少了一些。后来有些书找到了，有些书找不到了。我感觉，如果真有人喜欢这些书，拿走了也是一种发扬光大。

书友一聚值千金

劳动节前一天，我和书友淡笋、柏恩商议节日去杭州，到时想与杭城几个书友一聚。

当今社会经济繁荣，股市房市蒸蒸日上，以金钱和玩乐为纽带的朋友层出不穷，而以书会友，似乎成了一种寂寞和孤独的另类。在如此泾渭分明的环境之下，还能坚持"以书会友"的信仰，简直就是弥足珍贵了。

五月三日，天气晴好，有点闷热。早上七点从绍兴出发，九点就到浙江图书馆旧书集市了。广场的书市摊位上，都撑起一顶绿色遮阳伞，看上去比以前整齐规范。当然，这是表面和形式上的东西，关键在于书市有没有自己喜欢的"好书"。

淡笋在下车后打了几个电话，估计在抓紧联系杭城的书友。先逛书市，还是先会书友？淡笋深藏不露，带领我们走进了书市。今天要聚的几个书友，淡笋都有过联系，早已成为谈书说书的朋友，他在我和柏恩面前经常提到他们，只是也未曾谋面。我以为淡笋要先会书友，没想到他在忘乎所以地潜心"淘书"。

半个多小时后，我和柏恩都淘到了几本旧书。这个时候，我们很想淡笋带我们会一会书友，以弥补淘不到好书的遗憾。可淡笋像一条舒畅的鱼，在书摊之间游来游去，阳光照在他身上，灵气如鱼鳞一样闪闪发光。

我终于看到有个挟着包的年轻人和淡笋接上了头，这个人也戴眼镜，脸上透出文气和善气，左看右看都有亲和力，是一个和谐社会里的好人。

我以为淡笋会把我们召唤过去，然后大快人心地向我们隆重推出相见恨晚的书友。当那个人把淡笋手里的书寄存到某个书摊后，淡笋居然轻装上阵又一头没入了书市之中。

淡笋转过两圈之后，开始又和那个书友交头接耳，似乎有重大"政策"就要出台。我和柏恩在热浪下蹲于台阶上，淡笋的一举一动尽收眼底。我们不想再忍受淡笋的"安排"，这样伸长脖子无休无止地等待，应该先去"晓枫书屋"或"南华书店"淘书。

我们给淡笋发了个信息，传递我们的意思。淡笋摸出手机看了看，居然没有理睬我们。我们又发了一个，这次他连看都不看，和那个书友一起从我们的眼皮底下消失了。

我们的肺都要气炸了，决定立马走人。

柏恩先去车上放书，我在浙江图书馆门口等他，约好一起步行去书店。大约等了十多分钟，柏恩开车出现在我眼前，同时出现的还有淡笋和那个书友。淡笋一脸灿烂地说，杭城的书友们已经安排好中饭，先去吃饭然后再做别的事。

原来这个书友就是行人，网上已经熟悉，见面是第一次。在去吃饭的路上，行人带我们去了"南华书店"。由于停车难，行人主动代为我们管车，一心成全我们买书的心愿。

对于行人来说，这次助书友为乐不过小菜一碟而已。听淡笋说，行人在脚痛的情况下，几次三番为他到"南华书店"挑书买书，可见其人之善心和诚心。以前是听说，现在也享受到了行人的这种"优良服务"。

由于行人提供了方便，我们在"南华书店"各有所获。我买了《清朝野史大观》（上中下）和《清代名人轶事》，均是广陵古籍刻印社的影印本。还有几本中华书局的书也想买，捏捏放放，放放捏捏，就是下不了决心，因为书要定价的六点八折。柏恩也只买了两本，而淡笋买了一大袋，其中有中华书局的《苏辙集》。

想到行人在马路上为我们管车，再不出去是对行人的大不敬了，所以扔下手里的书说，行人等在外面，我们走吧。

从"南华书店"出来，所有花钱的杂念荡然无存，对于一心寻觅的好书，杭城似乎也不过如此。有些时候，真想"大刀阔斧"地搬几袋书回去，只是热情越高失望也会越高。

倒是有缘能和杭城的书友一聚，实在是"千年等一回"的幸事。在行人的安排下，我们在饭店终于见到了铁头和小风。铁头一身儒雅，一言一行都显出沉稳的长者风度，是一个十足的书人。

行人带来了正宗的西湖龙井，让我们的相聚除了透出书香，还要加点龙井的清香，感谢杭城书友们无微不至的友情。行人总是积极行动的热心人，亲自动手换了饭店里的茶，沏上西湖龙井。热气慢慢冒出来，茶香像书香把我们的相聚推向高潮。我们端起杯子喝一口茶水，味道真的好极了。

中餐不上酒，因为我们都不会喝酒，铁头、行人、小风我们不知底细，是真不会喝酒，还是客气说不会喝酒，现在无从察考，没有调查就没有发言权。

我们三个是真的不会喝酒，有例为证，有一次，我们去过书店走进一家面馆，三个人四碗面一瓶"红石梁"，喝得个个脸如关公，气色超常，连见钱眼开的老板娘都在笑我们了。

不喝酒就以茶代酒，不是说以茶代酒天长地久吗？

书友相聚的话题当然离不开书，铁头、行人也感叹杭城的好书不多了，即使用心"淘"也"淘"不出什么喜出望外的好书。

我们深有同感，因为到杭城淘书的收获一次比一次少，或许以后杭城和绍兴一样也淘不到想要的书了。真是这样的话，我们去杭城可以一心一意会书友，谈书说书，或许还能一睹书友们深藏不露的好书，这也是人生的一大乐趣。

小风的话语不多，但双眼炯炯，表情机智，在这样一个读书人面前，有什么样的好书能逃得过去呢。有机会一定要向小风取经，了解他的好书是如何"淘"来的。

现在许多人都觉得读书没时间也没意思，这也是一个事实，但对于爱书读书的人来说，书就是生命的一部分。

不是说人各有志吗，这是我们活着的一种选择。大约去年夏天，我准备送陕西西安一个朋友一方闲章，问他刻什么字，他说就刻"书无用不可不读"。说得真好，后来我自己也刻了这么一个闲章。

经过一番交流，我们了解到铁头和行人的一些简历。铁头和行人都是研究生，是真正的读书人。铁头是原杭州大学的研究生，与同是杭州大学中文系毕业的淡笋是校友。说到杭大旧事，他们两个人如数家珍，三天三夜都说不完，可惜相聚时间短暂，只能长话短说了。

行人则是浙江大学的研究生，尽管学的不是中文，但他的学问足够让我们肃然起敬。说到浙江大学，我也滥竽充数去学习过半个月。1993年6月，我在浙大中文系参加了"第三期浙江省中青年文艺骨干培训班"学习，不知这个能不能与行人攀上一点点的关系，以进一步增强亲情感。

铁头的女儿去年刚刚考进北京大学，这当然是有其父必有其女的结果，要介绍几句经验是逃不脱的。铁头说话简明扼要、逻辑性强，充分反映出一个既读书又有思想的人的素质。铁头说，千万不要陪孩子读书。

淡笋一听这话，立即手舞足蹈起来，这是因为他从来不陪女儿读书，而且一直坚决反对家长这么做。这样，淡笋和铁头就是英雄所见完全相同了。

我们问铁头藏书多少。行人猜测上万了吧。铁头谦虚地说，不到的。

我们虽然和铁头初次见面，但从淡笋嘴里听到的和"孔夫子旧书网"上掌握的情况综合分析看，铁头的藏书一定有上万。淡笋的藏书早就迈入了"万册户"的行列，何况名声更大的铁头呢。

我们都是爱书的人，但首先要解决生存问题，这样我们才会有买书读书的心境。人不可能仅仅为了工作而生存，如果仅仅为工作而生存，这种生活是原始而粗糙的。除了"养家糊口"的工作，我们还有属于自己的业余生活，这种业余生活无疑是人的心灵家园，也是人类进步和文明的必然规律。

也是20世纪90年代初期，我到上海华东师范大学参加一个作家培训班。上海作家陈丹燕在给我们作讲座时说过，一个有文化的人，应该有自己的业余生活，如果人活着只是为了工作，这种人生没有多少意义。

时间过得很快，有句俗语，世界上没有不散的筵席，也就是说没有不散的聚会。分别前，淡笋神不知鬼不觉地出去埋单了，这是他一贯的务实作风。行人发现这个情况后，有了激烈反应。他确实是一个非常有能力的人，大有力挽狂澜的气魄。一不留神，行人居然能把淡笋已经埋掉的单，从服务台那里挖掘出来，然后自己重新再买过。

行人真是高智商呀。现在衡量一个人的智商，有一个很重要的方面，就是你想不到或做不到的事，别人想到了或做到了，这样这个人的智商肯定比别人要高。

外面阳光灿烂，就像杭城书友们的友情。

人生不可能十全十美，活着一定有许多的遗憾，但记忆中的某一个遗憾，或许也是生命之中不可缺少的美好回忆。

我们诚邀铁头、行人、小风及所有以书为友的朋友们，有机会到绍兴来聚聚。在世俗的环境下，我们以视金钱为粪土的心态，一起静心谈书说书。然后请你们坐乌篷船，听莲花落，剥茴香豆，喝绍兴酒。

读书笔记

浪花已尽留余音

一个人，一个国家，一个时代，其实都是天地岁月中的一朵小浪花。

多少荣华富贵，多少风云人物，多少历史事件，多少强悍国家，还有多少人间的悲欢离合和恩爱怨仇，也都像一江春水向东流走了。

1922 年 12 月 30 日，由俄罗斯、乌克兰、白俄罗斯和南高加索联邦共同组成的苏维埃社会主义共和国联盟（简称苏联）正式成立。1991 年 12 月 25 日，苏联总统戈尔巴乔夫宣布辞职，将国家权力移交给俄罗斯总统叶利钦。12 月 25 日晚，苏联国旗从克里姆林宫上缓缓降下。12 月 26 日，最高苏维埃自我解散，标志着苏联作为一个主权国家正式结束其存在。

这个曾经强大的国家，只在这个世界上存在了六十九年，如果是一个人，现在活到七八十岁也算不上长寿。我无意谈政治，我对政治从来不感兴趣，在这里谈到苏联这个曾经的国家，是因为我的案头有一套社会主义写实文学《苏联短篇小说大系》（20—70年代）。

这套社会主义写实文学《苏联短篇小说大系》共有六卷，从20世纪20年代到70年代，每十年一卷，选取不同时代的苏联作家的小说，共有六十八篇。

书中的许多作家有些陌生，当然也有熟悉的。譬如，法捷耶夫，他写过我国读者熟悉的《毁灭》和《青年近卫军》。《毁灭》在民国时期，就有鲁迅先生的译本，他还写了个二三千字的后记。新中国成立后，重印了多次，我手头就有一本1973年1月第9次印刷的《毁灭》。

在苏联卫国战争期间，法捷耶夫写了大量歌颂苏联人民英雄战斗的小说，战争刚刚结束，他又创作了长篇小说《青年近卫军》，获得了1946年的斯大林奖金。法捷耶夫收入的短篇小说是《梅西多》和《我们在天上的父》。

还有一位我们非常熟悉的作家，就是1965年的诺贝尔文学奖获得者肖洛霍夫，他最有影响的作品是长篇小说《静静的顿河》。1930年起写作的长篇小说《被开垦的处女地》，反映了苏联的农业集体化运动，获得1965年的列宁奖金。肖洛霍夫收入的短篇小说是《死敌》。

我查了购书的记录，这套小说大系购于2004年10月，是在杭州的"西湖书市"上"淘"来的。

当时，我和几个书友一起去杭州，是专程买书去的，准备多买些自己喜欢的书，把收获搞大点。结果在书市一圈转下来，他们几个有了小收获，我则还是两手空空。除了书价贵，确实没有"一见钟情"的好书。

就在这个时候，我突然发现了这套小说大系。这是一种什么样的感觉呢？这是一种惊喜和冲动，就像冥冥之中一直有的感觉，有一个人一定会出现在你的生活里，出现在你短暂人生的情感里一样。

现在，它出现了。

书市上的书基本都能打折，这套书却一定要原价。当时，我确实是毫不犹豫，尽管只有这么一套，没有选择的余地，但我马上付钱成交。仿佛心里有一种害怕，害怕被别人抢去。

这套小说大系不是大陆出版的，是台湾"万象图书"出版的，1992年8月初版，直排繁体字，装帧纸张都很舒服。

这套小说大系出版，距离苏联解体还不到一年，真是赶上了时代潮流的步伐。虽然是台湾出版的，但所有选取的小说都是大陆学者翻译的。

其中的"导读"写得有"新"的味道，所谓"新"的味道，就是能给大陆读者有种回味。我看了几篇，觉得应该没有什么政治和立场问题，只把其中一句删掉后，把原文录于此：苏联自从1917年十月革命以来，铁幕深垂，层层迷雾，掩盖了它真实的面貌。《苏联短篇小说大系》（全六卷），揭开了这个陌生国度长期以来所蒙的面纱。透过中国大陆俄国文学专家直接由俄文的移译，这套短篇小说大系以写实文学呈现了20年代至70年代社会主义下的思想、生活和人性。

这漫漫六十年，苏联进入一个前所未有的局面，身处其间的小说家敏锐地感受这一切，也忠实记录了这一切。

就某一方面而言，无疑是最佳的史料纪实和社会见证。苏联引领风骚的社会主义曾经主宰了数亿人的生活和思想。而今，苏联解体了，然而曾经因之而产生的种种文学艺术，却将永远积淀在时间洪流的底层，见证着这一个世代的希望、挣扎和迷思。

自杀的制造者

这是一个意大利人，他叫路伊夫·皮兰德娄。

这个只活了六十九岁的小老头，是 20 世纪 20 年代意大利著名的剧作家和小说家，也是荒诞戏剧的先驱之一，他是 1934 年的诺贝尔文学奖获得者。

皮兰德娄 1867 年出生于意大利西西里岛的阿格里琴托城，先后在帕勒莫大学和罗马大学学习，后又到德国波恩大学研究文学和语言学，1891 年在该校获得哲学博士学位。

皮兰德娄一生创作了大量的短篇小说，他希望自己的一生能写三百六十五个短篇小说，所以他的短篇小说集取名为《一年的故事》。不过，皮兰德娄最后只写了二百四十五个短篇小说。

早期，皮兰德娄的小说，大都是写实主义的，主要描写十九世纪末至二十世纪初意大利西西里的风土人情和社会各阶层的生活状况。在皮兰德娄的早期作品中，他侧重于表现人物的内心活动与感受，笔触细腻、深沉。

1904 年以后，皮兰德娄的创作观点发生了明显的变化，就是人的客观世界都不是单纯如一的，而是随时随地都可能发生变化，这种变化是无法预测的。这一观点，在长篇小说《已故的巴斯卡尔》中表露得最具代表性，小说通过巴斯卡尔几次易名，用"假身份"游离于虚幻与现实之中，最终仍旧得不到一席之地，从而揭示了在充满荒唐、虚伪与邪恶的社会生活中，人只能戴上假面具四处周旋。面对这种畸形的社会现实，人性被扭曲了。

贯穿着皮兰德娄所有作品的主题，几乎可以看到一个共同点，就是"自杀"。从这个意义上说，他就是一个"自杀的制造者"。

这一主题，不但表现在皮兰德娄的长篇小说、短篇小说、戏剧，就是他的诗歌与论文中也一再表现出来。

这与作者所处的时代环境和个人经历有必然的关系。别的不说，1903 年由于一场矿区塌陷，皮兰德娄和整个家庭因此濒临破产，皮兰德娄几乎自杀，而他的妻子也发生了精神错乱。

当然，皮兰德娄的哲学思想，也是他在作品里表现"自杀"的一个重要原因。可以说，他的人生观基本是忧郁阴暗的，他认为现实只不过是一场不断变化的噩梦，人不是成了虚伪社会与命运无常的猎物，就是成为自欺欺人的牺牲品，人们对此无能为力，最后只好自杀。

皮兰德娄往往被理解为悲观主义者，因为在他看来，生活极其不公正，人与人之间也极其不公正，自杀是人们对生活爱与恨的表现。

在皮兰德娄的笔下，自杀成了一种自卫的武器，一种向命运挑战的悲惨式手段，可以从此逃离比死更痛苦的现实生活，应该看成是个人的胜利。

我刚刚读完的这本皮兰德娄的《自杀的故事》（辽宁

教育出版社 2005 年 5 月第二版第二次印刷），是几年前在绍兴图书馆书展时买的。

小说书一直被看成是闲书，除了畅销小说书，一般的中外小说书很少有人问津。在机关、学校和一些单位明令禁止读小说，似乎小说就是"大毒草"。

当时，这本打对折的《自杀的故事》孤独地躺在书摊上。我被这本书吸引的不是书名，也不是作者，而是书名下的"皮兰德娄短篇小说选"这几个字。我一直对小说集感兴趣，越是不熟悉的外国作家的作品，我越是会眼睛一亮。这一次也不例外。

其实，皮兰德娄这个作家也是很有名的，因为我在阅读上的孤陋寡闻，所以直到现在我才认识他，开始读他的作品。

这本书名为《自杀的故事》的皮兰德娄短篇小说选，一共有二十个短篇小说组成，都是从不同年代出版的《一年的故事》中选译出来的。

这些小说都是以"自杀"为主题，小说中的人物用左轮手枪、用毒药、用跳崖、用投河、用尖刀、用上吊等等手段，结束了自己的生命，是名符其实的"自杀的故事"。

1936 年 12 月 10 日，这个"自杀的制造者"皮兰德娄，在罗马突然发病去世，完成了他"在这个世界上无可奈何的旅居"。

上帝死了

中国人介绍和研究呼喊"上帝死了"的尼采，自王国维先生开始，至今大约有一百年的历史了。

在相当长的一个时期内，德国著名思想家、哲学家尼采的学说，在中国受到了冷落甚至于歪曲。曾经有人认为尼采是法西斯主义思想的先驱，他的一些理论也被认为是"对资产阶级颓废艺术的泛滥起到了巨大推动作用"。

随着时代的发展和进步，过去不能被人们理解的人和事，现在逐渐被理解了；过去遭到人们忽视的人和事，现在受到了重视。20世纪80年代中后期开始，介绍尼采、翻译尼采著作的书籍纷纷出版。

我第一次读到尼采的著作是1986年的秋天，那时我在绍兴师范专科学校读中文专业，正值西方哲学思想涌入国内，为国人所惊叹和接受的时候。

我从上海人民出版社邮购了周国平先生的《尼采——在世纪的转折点上》一书，这本书我一个晚上就读完了，感受到一种前所未有的思想触动。

周国平先生用积极的态度，从正反两方面对尼采进行了客观的评价，这在中国的尼采研究上是一个重大的突破。当然，在历史的审判台前，只有弱者才需要辩护，而尼采绝不是弱者。他所需要的不是辩护，而是理解。这一点，周国平先生在这部专著上已经说得很明白了。

《尼采——在世纪的转折点上》一书，用散文的笔调介绍了一个真实而复杂的尼采，把尼采的人生、思想、哲学清晰描述出来，让我们能够心平气和地走近并且触摸这个曾经背着种种恶名的"怪人"。

尼采1844年出生于德国勒肯的一个牧师家庭，未满五岁丧父。他天资聪慧，性情怪异。先后在波恩大学和莱比锡大学学习，二十五岁就当上了教授。主要著作有《悲剧的诞生》《快乐的科学》《查拉斯图拉如是说》《瞧这个人》等。尼采哲学是资本主义社会发展到一定阶段的产物，它以独特的方式预示了现代西方社会中的精神危机。

尼采一生只活了五十六岁。四十五岁时在都灵精神病发作，其后终身未愈。尼采的一生是坎坷曲折的，这种坎坷曲折来自于他有着一颗不安的灵魂。这颗不安的灵魂总是在苦苦寻求着什么，最终导致精神上不断爆发危机，这注定了尼采的悲剧性命运。

一个真正独立的思想家或者哲学家，都会走进成熟的孤独之中。只是尼采的孤独还伴随着身心的漂泊，这种身心的漂泊一直延续到他生命的终结。

其实，从 1889 年以后，尼采的神智已经处于麻木状态，母亲和妹妹的爱护让他延续了没有思想的生命。作为一个思想家、哲学家，这不仅仅是一种肉体的孤独，他的思想也已经在孤独中死亡了。

周国平先生认为，《尼采——在世纪的转折点上》充其量不过是自己阅读尼采著作的札记和感想的汇集。

我作为一个读者，二十多年来，我经常还在重读这本书。周国平先生现在是名家，拥有大量的读者，此后我也读过他的不少作品，但我至今仍偏爱他的这本书。当然，这或许有我偏爱尼采的因素。

我觉得即使尼采没有什么学说，他只耸人听闻地在那个时代呼喊一声"上帝死了"就够了。这是一种至高无上的勇气，只有尼采才有勇气呼喊出这种声音。

《后记》录

《倾听琵琶声》后记

如今，出书的人越来越多。明星名人名家自不必说，一不留神，我会突然发现那些熟悉或不熟悉的人也出书了。于是，心里不免生出许多冲动来，自己也出一本凑个热闹。

自第一篇短文于 1989 年 12 月发表以来，我已经写了整整十年，至今大约发表了近 200 篇作品。这期间，有许多次我都想放弃这寂寞而苦累的勾当，换一种享受生活的活法，但最终还是挡不住那种很能聊以自慰的诱惑。尽管如此，我对这种生活里的收获很满足。然而，当出书整理稿子时，我却感觉到了我的文章生命力的脆弱。为此，我选稿选得很累很难。

我不是名家也并非大家，自然写不出精品美文，更缺少为文"千古事"的意识。虽然这本集子里所收的短文都是经过精选的，但其中的不足和浅薄还是显而易见，如题材不广、主题不深、语言枯燥等。

如果不出这本集子，或许我还会一直沉浸在自我陶醉之中。这对于一个业余作者来说，该是多么悲哀和多么遗憾的事。我决定出这本散文集，既是为了总结自己十余年的业余写作，也是为了能听到关心和支持我的读者评头品足的声音。

人生苦短，不惑之年已清晰地在我眼前，我在不断走向成熟的同时，也越来越领悟到了生命创造力的伟大。因此，我将继续用笔去触及现实揭示人性歌颂真善美，这是我的愿望和寄托。

世纪之末于绍兴城南风则江畔

《感受心灵》后记

岁月如流，人生如梦。时代又迎来了一个新的千年，我也将步入不惑之年。在这个值得纪念和回味的时刻，我的这本小说集出版了。这本小说集收入了近年来创作发表的9篇小说，它是我业余从事小说创作的一个小结。

在当今这个时代，生活中的种种刻意和做作实在太多了，或许我出这本小说集也有刻意和做作之嫌，但它毕竟是生活的一部分，完全属于水到渠成的。确实，这本小说集里的小说生命力和感染力都还不够强，这让我感到心虚和惭愧。

在现代社会的快节奏生活里，读小说的人越来越少了，这让写小说的人感到无奈和失落。时代在前进，经济在发展，人的思想观念和生活方式也在转变。小说辉煌的时代应该说已经过去，一部作品撼动神州大地的那种轰动效应，只能成为如今依然迷恋小说的人们聊以自慰的一种美好而甜蜜的回忆。当然，只要人类存在，就会有小说这种思想和精神的反映形式存在。作为一个文学爱好者，我从来没有想到过小说会消亡，也从来没有想到过小说这种无可替代的功能会消失。因为小说是时代和现实的缩影，也是作者心路历程和思想情感的反映。

小说创作无疑是一项寂寞的活儿，更是一种活着的孤独境界。好在我生性喜静，从不羡慕那种灯红酒绿和官运亨通的美好生活，我生来就属于默默劳作的"牛"命。由于这个简单而肤浅的原因，使我有理由和优势与小说结下不解之缘。为此，我一直试图用小说这种形式，来寻求一种对现实和心灵的感悟。

工作捉弄文字是为了生存，而业余捉弄文字则完全属于自我折腾，但人似乎是一种很贱又很有创造性的动物。活着没有压力，他就无所事事地享受生活；活着有了压力，他就会无怨无悔地创造生活。人的一生是靠每个人自己"做"出来的，"做人"无疑是活着的全部内容，我把自己这种业余捉弄文字的生活也理解成为"做人"。虽然我至今没有写出好小说，但我一直在平平淡淡中努力写作，就像我平平淡淡地活着一样。

人的一生不仅仅只是为了活着，除了活着应该做些什么。这是一种寄托，更是人生的价值体现。我自从选择业余创作以来，对生活很知足，也没有失落的感觉。我在这个喧哗和浮躁的世界里，努力寻找适合我生存的生活方式。

参加工作二十余年来，虽然没干出什么名堂，也无事业可言，但活得还算充实。因此，业余写作有了这些微小的收获，我感到很满足了。

在这本小说集的出版过程中，许多人给了我极大的鼓励、支持和帮助，他们中有老师、有同事、有老同学，他们的热情关心和殷切期望，是我做人为文的精神支柱。我热爱文学和创作，我也热爱我的亲人和所有关心支持我的人。我没有实力和能力以比较现实的方式表达我的感激之情，只能借此机会在这里表达我的真诚谢意。

2000年初夏于隔离斋

《纪念记忆》后记

整理完这部书稿，夜已经很深沉了。我听到深秋的冷风，在寂寞的黑暗里飞舞。不知从什么时候开始，我的睡眠不再那么从容踏实，经常在黑暗中倾听着黑暗，思想也会在记忆中飞来飞去。那些忘却的和忘却不了的往事，折磨得我头痛欲裂。好在有了我笔下的小说和小说中的人物，是它们无怨无悔地陪我度过了一个又一个不眠之夜。

人生是短暂的，一不留神我已经人到中年，曾经的岁月历历在目，但终究都成了过眼云烟。在这个世界上，肉体的东西都将会腐朽，唯有思想和精神的东西是不朽的。小说无疑是人类的思想结晶和精神产品，小说的创作过程，是一种揭示和反思人性的过程，是灵魂和灵魂的对话过程。

我的小说都是从"小处说起"，谈不上有深刻的思想内涵和启蒙人性的作用。我仅以自己独有的生存方式和生存价值观，去感知、领悟和演绎我笔下人物的生存状态和生存过程。我也试图用我的笔我的思想，去努力拯救那些或艰难或伤感或迷惘或失落的弱小灵魂，并唤醒读者的同情和良知，但这只是我的一种乌托邦式的自我安慰。

这些年来，我的思想成熟了，但对活着的感知似乎变得漠然起来。这不是说我对生活颓废了，我是一个热爱生活的人，我愿生活充满阳光，愿善良的人健康快乐，愿有情人天长地久，但面对现实和情感，生活和人本身确实有太多的迷茫和困惑。小说是我的寄托，我把自己痛苦的悲伤的快乐的向往的，都做成文字注入了小说之中，让它们与我的生命同在，并希望它们能比我的生命更长久。

在这里我特别要感谢我的父亲，感谢他给我这部拙著作序。父亲已经八十多岁了，但他依然活得朝气蓬勃，这是因为他真的忘却了过去。父亲的一生坎坷艰辛，他所走过的风雨岁月，就是一部让我读不完的大书。父亲给了我生命，给了我生活，也给了我成熟，我要衷心祝愿：我的父亲我的母亲健康长寿！

2005年10月23日记于隔离斋

《1983年的成长》后记

我二十岁之前，居住在一个小台门里。这个窄长破旧的小台门，蜗居着三户平民人家。老屋从临街起依次排列，它们的姿态既规正又散淡，像几个老态龙钟的人还想显露最后的调皮。一条狭窄的石板小道把这些老屋串在一起，小台门里处处生出一丝唇齿相依的温暖。许多时候，在这里，弥漫着江南的潮湿、时光的寂静和成长的梦想。

这三户人家，一户住着一个斯文的老太太，据说她是一个独身到老的女人。她戴着老花眼镜，经常用她的小脚徘徊在石板小道上，或者凝望着斑驳的老墙壁发呆。她的满头白发，集结了她一生的孤寂。另一户是一个中年男人和他的老母亲，他们似乎过着母子相依为命的简朴生活。这种生活很像漂在风平浪静的水里，就是日子是流动的，但生活却一成不变。只有我们的家是一个大家庭，三代七口人挤居在两间半低矮的旧房子里，大人小孩每天各自梳理着天无绝人之路的生活。时光漫不经心地骗走了我们的岁月，但我们依然执着地期待属于我们的未来。

小台门的对面是台门，旁边也是台门，这条小街长不过两百来米，宽不过四五米，台门连着台门。在这座城市中，大大小小各种各样的台门，仿佛就是一道落日下灰暗的风景。色调单一，内涵却丰富。二十世纪八十年代初，我们莫名其妙地被要求搬迁了，于是，我们私有的小台门拆掉了，住进了要付房租的亮堂堂的公寓楼。现在，那个地方看上去小街和一些台门还在，但其中的灵魂早就飘散了。蒸蒸日上的旅游业和商业，让寂静的小街和台门华丽转身成了经济繁荣的符号。时光冷酷无情地流逝，留下了许多说不清道不明的过去。很久以后，我的记忆还经常游走在这个小台门中，那里浸润着我的童年、少年乃至于青春年华，无疑是我成长的摇篮。

我一直想把记忆中的台门留在文字里，这是我的一个愿望。二十年，在人的一生中已经不算短暂了。对我来说，这二十年属于艰难岁月。二十世纪六十年代初到八十年代初，不用我在这里多说，中国人都知道我们可爱的中国曾经发生了些什么。但我还是想说说我家的一些事，那个时候，我和我的两个弟弟和一个妹妹都还年幼，祖母已经老了。父亲被"打倒"失去了工作，只能靠做挖土方敲石子这种体力活养家糊口。有一次，父亲的手指染上了毒气，因为没钱没时间上医院，他竟用剪刀挑毒液，至今留下一个手指不能伸曲的残疾。母亲在一家镇属企业工作，为了一家老小的生存，她白班连着夜班干。在一个深沉的黑夜，我们小台门的门被敲响了，工友们把晕厥在车间里的母亲抬回了家。

生活的艰辛像流水一样漫长。为了生存，我们开始卖家具卖大床，后来就撬厚实的地板卖，最后把一间临街的房子也卖了。我们的家，像这个小台门一样空荡荡了，除了心里的希望，似乎什么都没有了。好在时光过滤了曾经的所有，留下的记忆也成了一笔看不见的财富。所以，我把这部长篇小说的地域背景放在小台门里，还有与台门难舍难分的小街、小巷和小河。虽然小说的故事是虚构的，其中的人物也是虚构的，但小说中的许多元素是现实的，许多细节是逼真的。我觉得，一部长篇小说只有主题和人物接"地气"，叙述的故事能击打在历史的疼痛之处，那么，这部小说才会有深刻的思想性，其中的人物才会有顽强的生命力。

写作这部长篇小说我酝酿了很久。每当我想动手创作，心里突然会生出慌张。算起来，我已经写了二十年的小说，把自己完整的青年时代写光了，现在还在写，所以把中年岁月也基本写光了。但至今没有写出自己满意和读者认可的优秀小说，更没有写过长篇小说。以前，经常有关心我的朋友和读者，希望我能写长篇，其实我心里也是这么想的，但真的到要写时，我感觉到了自己的种种肤浅和单薄。长篇小说是要写"命运"的，而这种"命运"是要让读者看得见摸得着的，也就是说，要写贴近现实生活的人和事。我有能力把握小说中人物甚至于一个宏大历史事件的"命运"吗？

尽管有这样那样的顾虑和困难，但作为一个爱好文学二十年的小说作者，感觉这辈子不写长篇小说，对不起自己选择的这个安静的爱好。而且，文学是精神的产物是思想的结晶，即使人死了，文学是不会死的。对一个作者来说，现实是一个世界，虚构是另一个世界。人能活在现实和虚构的世界中，也算是一种幸福！理所当然，我的第一部长篇小说完成了，这是我小说创作的一次历练和跨越。我觉得，一个作者想始终保持一种向上的创作姿态，内心就需要有一种不断颠覆现状的创作精神。唯其如此，创作才能像生命一样日趋成熟。

这部长篇小说在文学期刊《野草》发表后，我开始为要不要出单行本纠结。现在，出版一部小说，要说不难也不难，要说难也难。其中原因，圈内人士都心知肚明。从我的这部小说来说，已经发表过了，出版应该不成问题。唯一的纠结，无非就是这部小说没有精彩的故事，不可能成为畅销书，出版后难逃无人问津的命运。当然，最后还是决定出版了，这其中有我个人主观的取向，更重要的是得到了老朋友、老同学的支持，是他们以实际行动助推了这部小说的出版。有些感谢是放在心里的，在此不再用文字表达了。我这个人，说话不多，特别是说好听话更不多，但我知道一个人要有一颗感恩之心。

上面说的这些，都是我想说的，现在说出来了，这个后记也就到了最后。当然，这个后记不会是我写的最后后记，因为我还会继续创作小说，我愿意和我小说中的人物在一起，像在生活中一样喜怒哀乐。至于我还会写多久，我自己也不知道。那么，这个事只有上帝知道了。

2013年元月记于隔离斋

《新世纪十年绍兴文学优秀作品选·小说卷》后记

绍兴是历史文化名城，又是鲁迅先生的故乡。绍兴文学的繁荣发展，与这座城市悠久的文化传统、深厚的文学资源和独特的地域文化有着紧密的联系。绍兴的作家历来关注现实和底层，他们的作品不乏精品力作。

进入二十一世纪以来，文学似乎越来越边缘化，阅读小说也成了生活中的一种奢侈。但对绍兴的作家来说，新世纪的前十年没有因此而沉寂，他们用自己独立的思想和敏锐的笔触，潜心创作了很多具有现实意义的优秀小说。这些小说深刻思考社会、历史、人性等方面的问题，受到了读者和评论家的关注和瞩目。

我们选编这部《新世纪十年绍兴文学优秀作品选·小说卷》，既是对绍兴文学繁荣发展的佐证，也是对绍兴作家十年小说创作的大检阅。

在选编《新世纪十年绍兴文学优秀作品选·小说卷》之初，我们曾经担心入选作品的数量和质量。从数量上看，入选小说卷的作品，必须是在国家新闻出版总署批准的文学期刊上发表过的，也就是说，在新世纪的前十年中，绍兴作家有足够符合选编条件的小说发表吗？另外，从质量上看，即使有一定数量发表过的小说，我们还要注重小说的质量。选编工作开展后，我们发现绍兴作家的参与热情高涨，特别是作家们选送申报的小说多得出乎我们的意料之外，而且这些小说的质量绝大部分符合入选条件。

最后，为了保证入选小说的质量和入选作家的代表性，我们做出一个万不得已的内部规定，每个作家只能入选两部小说。这显然是个忍痛割爱的规定，因为不少作家的好小说，由于受数量的限制，只能被"割爱"了。当然，遗漏的作家和作品也在所难免。这是因为在作品征集和选编过程中，宣传工作不够深入，信息传递渠道不多，也有别的一些原因没有申报的，这不能不说是一大遗憾。

我们选编的原则是，用客观负责的态度，力求选出新世纪十年间绍兴小说的精品力作。这部小说卷的选编结果远远超出了我们原来的设想。经过半年多的作品征集，选编《新世纪十年绍兴文学优秀作品选·小说卷》终于圆满完成了。

该小说卷分上中下三册，以中短篇小说为主，共收录了35位绍兴作家在2000年至2010年之间创作发表的小说54部（其中中篇小说15部），计七十二万字。收录的作家以姓氏笔画排列，同一作家收录的两部小说以发表先后排列。这是一部沉甸甸的书稿，它凝聚了绍兴作家们的心血和智慧。可以这么说，这部书是集新世纪以来绍兴作家小说创作之大成，是我们这座城市的精神财富。

文学走到今天，特别是小说，虽然走得坎坷曲折，但也没有走到孤独和寂寞。从选编《新世纪十年绍兴文学优秀作品选·小说卷》的过程看，文学还在，小说不死，我们用自己的作品见证了绍兴文学的"激流勇进"。绍兴小说创作能有今天这种欣欣向荣的局面，除了有一个充满活力的"大气候"，关键在于绍兴作家心里的文学之灯不灭。无论在什么样的环境下，边缘也好，寂寞也好，清苦也好，但作家们对小说创作的情结永不磨灭。正因为有这样的一种信念，才有了新世纪十年小说创作的繁荣昌盛。

　　当然，我们也应该看到，绍兴小说创作的现状也不容乐观，从选编这部小说卷来看，绍兴作家发表在全国有影响的文学期刊上的小说很少，在全国范围内引起关注的小说也很少。另外，绍兴作家的整体小说创作实力也偏弱，没有形成一个有整体创作实力的小说作家群。

　　所以，对绍兴作家来说，文学创作之路任重而道远。我们相信，在新世纪的下一个十年，绍兴作家的小说创作一定能再上一层楼。这是作家和读者的共同愿望，也是文学发展的必然规律。

　　　　　　　　2012年7月18日记于隔离斋

在平淡中等待

算起来，我已经写了二十多年的小说，虽然在文学期刊上发表了六七十个中短篇小说，但把自己完整的青年时代写光了，现在还在写，所以把中年岁月也基本上写光了。非常遗憾的是，我至今没有写出一篇自己满意和读者认可的优秀小说。

最近几年来，我写作的心态有些复杂，在坚守寂寞的创作状态里，也会有急功近利的念头左冲右突。而且，每当我写完一篇小说，心里总会升腾起新的失落，或许我的优秀小说，就在下一篇。这就像我的小说《等火车》中的那个焦天，他每天都能等到火车，但这些火车都不是他想等的那一列火车。我写小说也一样，小说经常能写出来，但都不是我等待的优秀小说。

开始的时候，我雄心勃勃地等待自己的优秀小说。后来，我慢慢感觉到，越是刻意地等待，就越写不出好小说。

著名作家杨争光曾经说过：优秀的小说，是由优秀的小说家和优秀的评论家、优秀的读者共同创造出来的。确实如此，一部成功的优秀小说，其实就是一项"综合工程"，如果仅仅靠作家在当下这个浮躁的大环境下孤军奋战，小说虽然会有很多很多，但优秀小说不一定能等得到。

我觉得，一部优秀小说，除了需要优秀的小说家和优秀的评论家、优秀的读者共同创造外，还应该加上一个优秀的编辑。因为一个优秀的编辑，是小说家期待的"伯乐"，也就是说，小说家写出了优秀小说，首先编辑要识货，小说发表出来了，优秀读者才能读到，优秀评论家才能评论，否则最优秀的小说也无人知晓。

人活着有太多的等待。等待是一个过程，或者短暂，或者漫长。作为一个业余作者，我等待自己的优秀小说，其实也是对生活的一种期待。在这种期待中，也有太多的酸甜苦辣，这是原汁原味的创作状态。其实，我完全可以不在乎小说，就像现在许多人冷落小说甚至于鄙夷小说一样，因为我写出了优秀小说又能怎么样？优秀小说，对我的生存无关痛痒。

然而，我愿意等待，愿意等待我的优秀小说，或许这是我与生俱来的"心灵糟粕"。只不过，在这个喧哗与骚动的时代背景下，我要学会在平淡中等待。因为生活中的许多等待，有一大部分都是美好的梦想。

2012年春于隔离斋

文学记忆

　　我从 20 世纪 80 年代开始爱好文学，至今已经长达三十年。那个时候，我们都是文学青年，头脑发热，思想单纯，以为文学是万能的，或者幻想爱好文学能改变自己的命运。然而，时过境迁，文学只成了少数人的心灵寄托。

　　对我来说，走在文学这条路上，谈不上走得轰轰烈烈，或者说走得孜孜不倦，但我一直在默默无闻地行走，像我的人生从幼稚走向成熟。我曾经写过一篇《在平淡中等待》的创作谈，其中写到"我把自己完整的青年时代写光了，现在还在写，所以把中年岁月也基本上写光了"。

　　爱好文学没有改变我的命运，但爱好文学确实充实了我的人生。

　　我第一次参加文学活动是 1991 年的夏天，到上海华东师范大学参加"暑期作家班"。这期作家班为期十天，是由绍兴县（现为绍兴市柯桥区）文联组织的，所有费用也由县文联承担。当时，大约有十多个作者参加这期作家班，这些作者都是本地写作的活跃分子。

那一年，我已经三十岁了。在文学创作上，我根本算不上是作家，只是一个初涉文坛的新手。之前，我发表的文章不多档次也不高，都是一些千字左右的"豆腐干"文章。内容基本上是一些日常生活的琐事，以及自己对生活的感受感慨，主要发表在本地的报纸副刊和内刊上。

收到参加"作家班"的通知后，我兴奋了好几天，感觉这是一种荣幸，也是一种荣誉。华东师范大学，作家班，名家授课，在我眼里，这些都是肃然起敬的文字。当然，能不能顺利参加"作家班"，关键要看请假的结果。

那天，我拿着县文联的通知书，怀着激动的心情走进了局长室。一般来说，我和局长是有距离的，也就是说，我没有资格直接去找局长说事，因为我的上面有科长有分管副局长。这一次，我似乎被文学冲昏了头，以为文学的光环无比灿烂，竟然拿着这张通知直接找局长去了。我想，我为单位争光添彩了，因为全局就我一个人能参加这样的"作家班"。所以，我站在局长面前也是有自信的。我说，局长，我要请假十天，去上海华东师范大学参加暑期作家班学习，这是通知书。

局长接过我递交的通知书，用陌生的眼光看着我，说，你又不是去工作的。我一听心就凉了，仿佛我的文学梦就此破灭。之前，我也想过万一领导不同意请假该怎么办，去找文联还是去找宣传部求援。我心急如焚，不知道接下来该说些什么，我眼巴巴地盼望局长能看一看我给他的通知书。局长看到我无言以对，或许觉得我这个样子藐视了他。

他又说，你又不能成为专业作家。

如果他不说后来这一句，我会觉得自己的自信已经荡然无存，严格来说，我确实不是去工作的，此去只是为了个人的业余爱好。可他接着说了后来这一句，我感到人格受到了侮辱。你可以批评我"不务正业"，你可以当面拒绝我请假，你也可以指责我越级办事，但你确确实实不可以侮辱我的人格尊严。

我想说，假如我是专业作家，我和你就没有关系。当然，我没有这样说，也不敢这样说。我是这样说的，这个作家班我想去参加，我请事假吧。

我为什么要详细提到这个过程，是因为这件事对一个业余作者来说，感受实在太深了，这就是不可磨灭的记忆。我也相信，许多和我一样的业余作者，走在文学这条路上，或多或少也会有这种久久难忘又略带伤感的往事。

经过一番曲折，我终于和十多位文友一起去参加"作家班"学习了。记得带队的是县文学工作者协会（后来改名为作家协会）会长陆景林老师，我和他住在一个房间。陆景林老师待人诚恳和蔼，平易近人。记得吃饭时，他总是要喝一点绍兴老酒。由于没有杯子，他就用一只饭盒的盖子盛老酒。一面喝着酒，一面用风趣幽默的语调给我讲一些过去的人和事。他讲得很投入很生动，我则听得津津有味，以至于吃饭的时间也没了规律。陆景林老师很能编故事，思路也活跃清晰，他讲的一些小说创作的经验和技巧，多多少少影响了我以后的创作。

为办好我们这期"作家班"，华东师范大学中文系做了充分准备，专门确定了班主任，制订了十天的授课计划。

在住宿、伙食等日常生活上，也安排得细心周到。我们报到后的第二天，专门召开了一个像开班式一样的会议，除了中文系领导和相关授课老师到场外，著名作家和文艺理论家徐中玉教授、著名文艺理论家钱谷融教授也来了。他们都讲了话，勉励我们珍惜这次学习机会，学有所用，将来用心创作出有社会价值和文学价值的好作品。

在后来的学习中，当时已经有名的作家也来给我们讲课，其中有赵丽宏老师、陈丹燕老师，可惜还有一些老师想不起来了。

参加这次暑期作家班，虽然过去了二十五年，但我至今记忆犹新。在这短短的十天里，我几乎每天晚上都去学校图书馆看书，开始还有些不习惯，总担心自己这么大年纪了还在冒充学生。后来发现在图书馆看书的人，年纪都有点不像学生了。原来华师大暑假的培训班很多，许多人原本就是中学或者大学的老师。确实，我平时读书也不多，在这里很安静用心地读了一些书。

暑期作家班回来后，我开始学写小说。半年后，也就是 1992 年初春，《野草》文学期刊第一期发表了我的小说处女作《古董》。从此，我爱好文学的信念更坚定了。

1993 年 5 月上旬，我收到了浙江省文联"关于第三期浙江省中青年文艺骨干培训班的入学通知"。通知说，"经绍兴市文联推荐，浙江省文联审核，现确定您为第三期浙江省中青年文艺骨干培训班学员，学习时间十天，届时成绩合格者，由浙江大学中文系发给结业证书。"

这次培训班时间确定为 6 月 13 日至 6 月 23 日，6 月12 日到杭州市玉古路浙江大学内部招待所报到。学员每人每天缴纳食费 1 元，住宿费每天 16 元及往返旅费由学员回单位报销。

显然，对我来说，参加培训班的费用回单位报销是不可能的，但这丝毫没有影响我去参加培训班的热情和信心。这一次，我没有越级去请假，我也不想再越级，我的事我自己做主，也就是请事假费用自理。我觉得，这没有什么不好，也没有什么不舒服。这样的结果，对我和对单位都没有伤害，我对文学的热爱也可以轻松自在。不就是为了几个钱吗？钱算什么，和自己的爱好文学比起来，这几块钱真的算不了什么。

我再次踏进了一所名校，虽然高考没考上，但有机会来参加培训班也是一种幸运。当时，我们绍兴市只来了三个作者，这说明了市文联对我的关心和支持。十天时间很短暂，可以用时光匆匆来形容，然后这十天也是丰富多彩的。

培训班的课程安排得紧凑，我至今记得的课有：上海社科院研究员花建的"文艺社会学"，华东师范大学教授陈勤建的"文学民俗学"，浙江大学教授徐岱的"语言美学"，浙江大学教授骆寒超的"现代诗歌"，浙江大学副教授徐剑艺的"现代小说"，浙江大学副教授孙沛然的"影视：文艺面向市场的又一思路"。可以这样说，听了这些讲座，丰富了我的阅历，拓展了我的思路，对我的创作起到了一定的推动作用。

这期培训班里有七位福建学员，其中的邱贵平几年前写过《1993 我在文学培训班》的文章（发表在《浙江作家》2009 年第六期），还附上一张当时的集体照。他是福建南平的，曾经是我的室友，至今我们还在联系。他在文章中不惜笔墨提到了我们之间的友谊，还调侃给我起了一个绰号"您偏瘦"。这是因为有一天傍晚，我俩到校外散步，在街边的电子秤上称体重时，报出我的体重是一声尖叫"您偏瘦"。

还有一个福建学员袁宝明，他是福州的，现在是一家杂志社的总编。2010年漓江出版社出版了他的散文集《情不自禁》，其中有两篇文章写到了我们这次培训班。一篇是《将去绍兴》，说培训期间安排学员去绍兴，因为接送的车子在半路坏了，结果让这次去绍兴的活动成了梦想。另一篇是《按图索骥》，提到了培训班的一些学员，其中对我的描写是，谢方儿来自绍兴，印象中戴着眼镜，精瘦，不时读到他的随笔和小说，很勤奋，很热情。

参加这期培训班的另一收获是买了不少书刊。邱贵平和我都喜欢书刊，我们经常相约去学校图书馆买处理的旧书刊。他买得比我凶，一摞一摞地买，比白拿下手快。我也买了不少，沉甸甸的一堆，感觉有些傻傻的。这些旧书刊，至今还在我的书房里。每当我看到那颗"浙江大学图书馆藏书"的印章，就会想起在浙大中文系参加培训班的往事，它一直温暖地藏在我的心里。

关于在浙大买旧书，还有一件很难忘的事。当时，我利用节省下来的菜票，经常到学生摆的书摊上买旧书。印象最深的一次是和一个男生讨价还价，他有一本赫尔曼·沃克的长篇小说《凯恩舰的哗变》，书品很好，开价两元。我看上了这本书，但我的心理价位是一元。就这样，我们为一元钱站在那里针锋相对，纠缠了半天，好像谁也不愿让步。我只好先去别处看看，刚走出几步，那个男生追上来说,你是真心喜欢这本小说?我说,是的,我在学写小说。那个男生突然把书塞到我的手里说,送给你吧,希望有一天能读到你写的小说。我还在发愣,那个男生已经跑掉了。

用菜票换旧书的事,我后来专门写了一篇文章《明明白白我的心》,发表在1993年8月8日的《浙江日报》的《钱塘江》副刊上。当时,《钱塘江》副刊要推出几个有创作潜力的青年作者,我有幸被推荐上去了,而且我刚参加浙大培训班回来不久,就很自然地写了这篇文章。

接下来要说的,是1994年11月11日到杭州参加"浙江省青年作家代表会议"的一些事。

这次会议绍兴市有四名代表参加,杜文和、祝诚、李弘楣和我,杜老师是我们的代表团团长。当时,杜老师快满四十周岁了,所以省青年作家代表会议后,他写了一篇文章发表在《绍兴日报》副刊上。如果我没有记错,这篇文章的题目是《最后一次年轻》。其实,对我来说,也是最后一次年轻,因为此后我也没有机会再参加这类会议了。

这次省青年作家代表会议开得很隆重,至少我是第一次参加这种会议,来了好多领导和文学界的一些名家,像黄源、叶文玲、黄亚洲等等的。

参加会议的代表中也有一些人在创作上已经名声在外,像杭州青年作家顾艳老师,当时她已经是中国作家协会会员。我读过她的诗歌和小说,对她发表在1991年第4期《钟山》上的短篇小说《精神病患者》(《小说月报》1991年11期转载)印象深刻。这次开会时,我问我边上的一位美女是哪个地市的,没想到她就是顾艳老师。因为在开会,我们只简短交流了几句,接着顾艳老师在一张撕下来的小纸条上，给我写了她家里的电话号码。当时，没有手机也没有电脑，我家里也没有电话，所以好多年没有联系顾艳老师。

几年前，我再提到这件事，顾艳老师说，时间过得真快呀。

记得这次会议还请了省外的一些名家，散文家吴泰昌老师就是其中之一。杜文和老师认识吴泰昌老师，他说要去房间拜访他，问我想不想一起去。感谢杜老师带我去见吴泰昌老师，可以说，这是我第一次近距离接触有名气的作家。

吴老师平易近人性格豪爽，他在送给杜老师新书后，对我说，我也送你一本吧。他真的送了我一本散文集，还给我签名留念。当时的心情，真的是如获至宝。可惜这本书我还没看完被一位文友借走了，遗憾的是至今没有归还给我。

走在文学这条路上，走久了，肯定会有许多明亮的或者黑暗的回忆，因为人生也是这样的。我觉得，既然自己选择了爱好文学，就像选择爱一个人，一辈子，都要好好地爱它。

跋

爱好文学，始于 20 世纪 80 年代中期，痴迷之情，溢于言表。先以撰写短文为能事乐事，一个月没有文章在小报小刊发表，感觉自己被文坛抛弃了。如此十多年，耐得住清苦和寂寞，应该归于乐此不疲。

后来，文学像一股匆忙的时尚退潮了，拥挤在这条道上的男女老少无奈分道扬镳，该干什么就干什么去了。文学和经济比起来，似乎也沦落成为一个可怜的乞讨者。

我是死脑筋，认准了的决不回头，所以胡子白了头发掉了依然踯躅在这条道上。用现在的话来说，就是"脑洞大开"。事实上，在多年之前，我喜欢上了虚构作品。虽然之后还会写一些短文，但写得不再专注不再有趣，感觉写文章的激情已经枯萎了。

2006 年深秋的某一天，我再次随大流赶时尚，在新浪网上开了一个实名"博客"。当时，"博客"流行于网络，也成为一些写作者的"热土"。那里一度成为我的文字陈列室，也是我长吁短叹的心灵家园。

时光车轮滚滚向前，谁也无法阻挡。如此又是数年，在岁月的道路上，人生就像一辆愈来愈老的破车颠簸向前，不分日夜疾驰而去。

现在，许多人的"博客"停滞了，甚至于荒芜了。如果把"博客"看成是一个写作者的家园，那么这个家园的门上，已经横插着一把锈迹斑斑的锁。许多曾经热情洋溢的博主，懒得再回到自己的这个家园。

最近几年，我也很少写文章更新"博客"。除了写一些所谓的小说，更多的时光，我似乎在茫然发呆或者回忆过去抑或无所事事。

有一天，我突然涌起一种无法抗拒的冲动，就是要整理一部散文随笔集，以"隔离斋集"为书名，把它献给我的父亲。

我父亲 2014 年 12 月 28 日（农历十一月初七）下午三点零六分离开我们后，我很少动笔写东西。不知道为什么，我的手是沉重的，我的笔是沉重的。父亲离开这个世界后，我时常沉浸在怀念的深渊，父亲的音容笑貌依然萦绕在我的心里、眼前和梦中。

当我决定整理这部散文随笔集时，发现我的"博客"上有足够的文章可供选择，而且有一些文章写到了我父亲和我们这个曾经的大家庭。尽管这些文章是粗糙的，也有一些是不可取的，但它们给了我一个选择和修改的平台，这让我心虚的决定有了底气和自信。

我要感谢我的"博客"，它心平气和地储存了我这些年的文字和这一段岁月。当然，更强大的底气在于，这部散文随笔集是献给我父亲的。

书中有十多篇文章或多或少写到了我父亲。我知道，对于怀念父亲，这几篇关于他老人家的短文是微不足道的。父亲坎坷艰辛的人生，是一部写不完写不全的大书，他的命运或许就是一个时代的命运。

父亲生前也爱好写作，可他一生没有书房。父亲晚年的书房在狭小的阳台上，在这个小小的阳台里，有一张旧的写字台，有一个旧的竹书架，还有一把旧的木椅子。对此，父亲很满足。这是他晚年蜗居的地方，也是他安静读书写作的地方。这样的晚年，生活或许单调枯燥，但心灵一定丰满充实。

父亲八十一岁那年，为我的中篇小说集《纪念记忆》写了序。大约一千字，他老人家用放大镜几易其稿，历时两月。回想往事，竟无语凝噎。

父亲在报纸上也发表过许多短文，也获得过多种征文奖。对于文字，父亲的一生与之爱恨交加，纠缠数十年。当年，父亲因为文字被打成"右派"，也因为文字，被扣上"现行反革命分子"的帽子。当然，从另一方面来说，也是因为文字，父亲才能成为一个老教师，他的晚年才会如此安静安然。

我大约花了半年时间，认真整理和修改这些文章，对其中的许多文章还进行了深度修改。我已经说过，我多年没有认真写过文章了，这部散文随笔集基本上是以我的"博客"上的文章为基础。虽然浅显，或者说平淡，但我觉得还是满怀情感、贯穿情怀。这是我生活的一个缩影，也是我对父亲的一种深切怀念。

2016 年春节记于隔离斋